jitsuryoku-syugi ni
hirowareta kannteishi

実力主義に拾われた鑑定士

～奴隷扱いだった母国を捨てて、敵国の英雄はじめました～

usuazimeron
薄味メロン

Illustration
桶乃かもく

フィオラン
どこか残念な冒険者のお姉さん。実は弓術の才能を秘めている。
マルリア
ツンデレな訓練候補生。成績優秀で、アルトをライバル視する。
リリ
羊の角と尻尾を持つ、心優しい少女。アルトに支援魔法の素質を見出される。
アルト
本作の主人公。敵国である帝国軍人に鑑定魔法の才能を認められて亡命し、将軍候補としての第二の人生を送る。

ルルベール
老練で豪気な帝国軍少佐。厳しくも温かい目でアルトたちを見守る。
マイロ
マルリアの弟。素直になれない姉を献身的にサポートする。
ルドルフ
物腰柔らかな帝国軍少佐。アルトの才能と実力に期待を寄せる。
MAIN CHARACTER
主な登場人物

プロローグ　運命の出会い

「おい平民！　物品鑑定のノルマを千個追加だ！　明日までに終わらせろ！」

「なっ――!?」

ドラムド王国のとある倉庫で働いている、しがない鑑定士である俺――アルトに、貴族の上司が理不尽に怒鳴っていた。

「ちょっと待ってください！　俺の魔力量じゃ千個も鑑定なんて――」

「うるせぇ!!　お前みたいなヤツでも、グラウス帝国の連中と戦争が近いのは知ってんだろ!?　知ってるよな!?　お前は栄《は》えあるドラムド王国の一員だもんな!?」

「……はい。知っています」

確かにこのクソ上司の言う通り、隣国のグラウス帝国との戦争が間近に迫っている。

理由はよく知らないが、ドラムド王国が一方的に宣戦布告をしたらしい。どうせ偉い連中同士が金や物資や土地の利権なんかで揉めたのだろう。貴族じゃない俺には関係ないことだ。

「だったらキリキリ働け、平民!!」

クソ上司は吐き捨てるように怒鳴りつけて、バタン！　とボロボロのドアを閉めた。

上司の足音が遠ざかっていく。追加のノルマを運んでくる平民を探しに行ったのだろう。

すきま風が吹き抜ける倉庫に俺一人。周囲には、鑑定されるのを待っている品々の山。

「これに追加で、千個……」

どう考えても無理だ。魔力を極限まで絞《しぼ》って鑑定魔法を使ったとしても、一日に九百個が限界。それ以上は、魔力が尽きて死にかねない。だけど、終わらなかったら、給料なしで飯抜き。

目の前にあるのは使い道のよく分からない部品や謎のアイテムばかりだ。クソ上司が戦争に言及したってことは、軍事関連の品だろう。適当にやったり、鑑定したと嘘をついたりすると、バレた時に戦犯扱いになる。そうなればすぐに処刑だ。

「終わらせる以外に、生き残る道はない、か……」

蜘蛛《くも》の巣が張る天井を見上げながら、俺はそう呟《つぶや》いた。

ドラムド王国は貴族主義こそが至上とされている国だ。平民は一生奴隷《どれい》まがいの扱いを受け、貴族のために命をかけて働き、血税を納め続けるしかない。

いつもより頭痛がひどい。ずっと視界が揺れている。だけど、目眩《めまい》が、なんて言っていられる状況じゃない。

「これが俺の仕事だからな……」

はぁ……と大きな溜《た》め息をこぼして、背筋を伸ばす。

俺はペシン！　と強く自分の頬《ほお》を叩き、その痛みで意識を保ちながら、鑑定待ちの物品の山に手を伸ばした。

――その時。

「やめた方がいい」

不意に、何者かに後ろから手を掴《つか》まれた。

「なっ!?」

「これ以上鑑定魔法を使ったら、魔力切れを起こしてキミの命に関わる」

背後に人がいる!?　こいつ、いつの間に……!?

振り払いながら叫ぼうとしたが、その前に手で口を塞《ふさ》がれてしまった。

「暴れないでくれ。これは、キミのためでもあるんだ」

落ち着いた調子の、男の声だった。

こいつは、いったい……

「キミの実力は見させてもらった。帝国に来ないか？」

俺の実力？　ていこく？　なんの話だ？

何がなんだか分からない俺に、男はなおも言葉を続ける。

「我々の国は、常に実力のある者を求めている。キミなら金持ちに――この国で言うところの貴族になれると僕は思っているよ」

貴族になれる？　平民の俺が？　本当に意味が分からないのだが……

「混乱させてしまって申し訳ない。これから手を放すが、暴れないと約束できるか？」

口を塞がれて言葉を発せないため、コクリと首を縦に振る。

ゴツゴツとした男の手が、俺の口元からゆっくりと離れていった。

「振り返らないでくれ、いいな？」

「……分かりました」

背後を確かめたい気持ちはあるが、不要な動きはしない。いつ死んでもおかしくないほどの激務をさせられてはいるが、死にたいわけじゃないからな。

今はそんなことよりも、情報収集が先だろう。

「俺が貴族になれるというのは、どういう意味でしょうか？」

「言葉通りの意味だよ。我々の国は実力主義だ。生まれや身分に関係なく、実力があれば出世できる。キミが望みさえすれば、相応の地位を手に入れることができるだろう」

実力主義？　我々の国？　出世？

これはあれか？　クソ上司が考えた新手の業務妨害か？　貴族様お得意のお遊びか？

その可能性は高いが、俺の困った顔が見られる正面の特等席には鑑定品の山があるだけで、誰もいないように見える。

背後にいる男の物腰からも、貴族特有の傲慢《ごうまん》さを感じない。

……ダメだな。悩むにしても、情報が少なすぎる。このあとの仕事に備えて魔力の節約をしたかったが、仕方がないか。

俺はできるだけ魔力を細くして、背後にいる男の足元に流した。自分の魔力を対象に流すことで、鑑定魔法を発動できるのだ。

すると、俺にしか見えない鑑定結果の画面が眼前に表示される。

【名　前】アルズ・ベラルト（31歳）
【職　業】帝国軍士官：5／11（少佐）
【技　術】剣術：24／40　潜入：40／40

「なっ――!?」

――いや、ちょっと待て！　帝国軍士官!?

ていこくに来ないか？　ってのは、グラウス帝国のことか!?

どうして敵対している国――それも、こちらが一方的に宣戦布告をしたせいで、戦争まで秒読みとなっている国の人間が、ここに!?

能力を見る限り、どうやらこの男は諜報員で間違いなさそうだが……潜入の技術がレベル40って相当な実力者だぞ!?

俺は震えた声で問いかける。

「……俺を、殺す、つもりですか？」

「いや、それはないな。もしそうなら、声なんてかけていない。ただ、一つ聞きたいんだが。僕に何かしたか？」

――なっ、バレた!?

「すみません！　いつのもの癖で鑑定を……」

「鑑定？　……キミは、人の鑑定ができるのか⁉」

「……？　えぇ、できますよ。俺は鑑定士ですから」

男はなぜか、俺が人間を鑑定したことに驚いたようだった。

というか、初めて鑑定したことに気付かれたな。違和感程度、と言った雰囲気だが、俺から流れ出る微量の魔力を感知した、ってことだろ？　今までバレたことなんてなかったのにな……

いや、そんなことより余計な動きをしたと気付かれたのはやばい！　俺なんかじゃ抗《あらが》う間もなく殺される‼　どうにかして、逃げる方法を探さないと——

「キミにますます興味が湧いた。亡命が円滑に進むよう、僕の推薦状も付けよう」

「……は？」

「我々ならキミを正しく評価できる。帝国に来る気があるなら、闇夜に紛《まぎ》れて南門に来てくれ」

コトン、と何かが置かれる音がしたと思ったら、背後から人の気配が消えた。

ゆっくりと振り向いて見ても、誰もいない。

「これは……？」

床の上に、表面が削《けず》られた丸い魔石《ませき》が落ちていた。先ほどまではなかったものだ。

これって、映像を撮るために加工された魔石だよな？　背後にいた男が、置いていったのか？

再生、してみるか。

魔石に念を込めると、中に映像が映し出される。

そこで俺が目にしたものは……

『はっはっは！　閣下《かっか》のご威光に乾杯！』

『ははは、乾杯。それにしても、あの平民上がりの鑑定士をこき使って得られた利益は莫大《ばくだい》なものだよ。いやはや、さすがはアンメリザくん。平民の使い方が分かっているねぇ』

『平民は搾《しぼ》れるだけ搾れ。私は閣下のお言葉を実行しただけですから』

『くははは。あの平民がいつ死ぬか見ものだな。どうだ、ひとつ賭けでも？』

『いえいえ、常に１２０％で働かせていますが、最低限の手加減はしているのでそうそう死ぬことはないかと』

『なるほど、ギリギリの見極め、と言ったところか。いやぁ、アンメリザくんは実に優秀だ』

……下品な笑い声を上げながら酒盛りをするクソ上司と、馬鹿な上級者貴族の姿だった。

☆★☆★☆

「このヤベールの街ともお別れ。それがいいよな？」

誰に問いかけるでもなくそう呟いて、俺は街道の暗闇の中をゆっくりと歩いていく。

誰もが寝静まるこんな夜遅くでも、いくつかぼんやりと明かりが漏れている建物がある。大抵は貴族様が通う酒場か、そうでなければ大量のノルマを押しつけられた平民の仕事場だ。どんな人が何をさせられているのかも知らないが、過労による目眩《めまい》や頭痛と戦いながら仕事しているのは間違いないだろう。

「えーっと。冒険者ギルドがこっちで、クソ上司の豪邸があっち、大通りが一本隣だから、南門はこっちだな……たぶん」

仕事以外のことで倉庫の外に出るのも、ずいぶんと久しぶりだと思う。街のどこをとっても、たいした思い出があるわけでもない。むしろ、思い出したくもないことの方が多すぎる。

「道に迷う心配はあるけど、指定されたのが真夜中でよかったのかもな」

――この街をまじまじと見ずに済むから。

そう思いながら、両手に「はー」と息を吹きかけて、誰もいない道を歩く。

産まれ育ったこの街を離れて、俺は本当に生きていけるのか？　突然現れたあの軍人の言葉は、俺を騙《だま》すための嘘なんじゃないのか？

そう思っては立ち止まって、倉庫の方を振り向いて……苦笑いと共に歩きだす。

「あのまま鑑定品の山に埋もれていても、死ぬだけだからな」

藁《わら》だろうが、蜘蛛《くも》の糸だろうが、掴めるものがあるのなら死ぬ前に掴んでみたい。

俺の苦労を酒の肴《さかな》に「くははは」と笑っていたクソ上司や上級貴族と、突然現れた敵国の軍人。

どちらを信用するのかと聞かれれば、間違いなく後者だ。

南門から少しだけ離れた場所で、巨大な壁を見上げながら周囲に魔力を流していく。

鑑定魔法の結果、雑草が生い茂る林の中に何者かがいると分かった。そこに向かって歩くと、大きな木の陰から、商人の格好をした男が姿を見せる。

「すみません。お待たせしました」

「いや、時間も指定せずに呼び出したのはこちらだ。来てくれて嬉しく思う」

そう言って男はこちらに手を差し出した。俺は素直に握り返して、笑ってみせる。

聞き覚えのある声だった。どうやら彼が、俺を誘ってくれた敵国の軍人らしい。

「いろいろとキミに聞きたいことはあるんだが、それはヤベールの街を脱出しながらにしよう。僕の後に付いてきてくれないか？」

「分かりました」

俺としてもその方がいい。この街にいると、誰かに捕まえられてあの倉庫に連れ戻されそうな気がして、どうにも落ち着かない。

男のあとに続いて歩いていると、不意に彼が立ち止まり、落ち葉の積もった地面に手をかざした。

男の手に魔力が集まり、何もなかった場所に地下へ続く階段が姿を見せる。

「行こうか」

「……はい」

ここまで来て、今更帰るなんていう選択肢はないだろう。

先の見えない地下を下りていく。男が手のひらに光の球を浮かべると、入口がひとりでに閉じた。

彼はこちらを振り返って口を開く。

「名前はアルトで間違いはないな？　年齢は二十四歳。身寄りはなく、親しい友人もいない。職業はアンメリザ男爵に仕える鑑定士――いや、今はグラウス帝国への亡命希望者か」

「……よくご存じですね」

「キミには申し訳ないと思ったんだが、調べさせてもらった。それが僕の仕事だからね」

　潜入の技術がレベル40の彼からすれば、そのくらいたいした手間でもないのだろう。

「それでなんだが。キミは僕の名前を知っているか？　いや、知っているな？」

「……ええ、鑑定しましたから。アルズ・ベラルト少佐、ですよね？」

「あぁ。その通りだよ。そしてその名前は、本国であるグラウス帝国の人間しか知らない本当の名だ。潜入中に使っている名前もあるが、キミにそっちを教える必要はなさそうだな」

　ベラルト少佐の雰囲気をうかがう限り、怒っているわけではないらしい。

　亡命希望者を相手にドラムド王国の情報収集をしている。もしくは俺個人に面接をしている、と言ったところか？

「次の質問だ。南門の側で隠れていた僕の位置を、キミは瞬時に見破っていたな。差し支えなければ、その手法を教えてはもらえないか？」

「え？　えーっと、見破った、ですか？　俺はただ、鑑定結果が見えた方向に向かっただけです。隠れている場所を見破ったわけではないですね」

　そう答えたら、少佐の足が止まった。振り向いた顔が、なぜか驚いているように見える。

　俺、何か変なことを言ったか？

「なるほど……キミのことは入念に調べたつもりだったが、表層すら見えていなかったらしい」

「え……？」

どういう意味だ？

身寄りのない二十四歳の鑑定士。その言葉に、俺の全てが詰まっていると思うのだが……

「回りくどい問答はやめよう。一番重要なことを聞かせてもらいたい。キミの〝鑑定魔法〟では、何ができるのかな？」

「鑑定で何が、ですか？」

鑑定できること……何かを鑑定する、それ以外にないよな？

……質問の意図が読めない。

俺の困惑を察知したのか、ベラルト少佐は再び口を開いた。

「――いや、質問を変えよう。僕に鑑定魔法を使用した。そう言っていたね？　その結果を教えてもらうことは可能だろうか？」

「ええ、もちろんいいですよ。口頭では大変なので、何か書くものを借りられますか？」

「これでいいかな？」

「ありがとうございます」

最低限の荷物しか持ってこなかったからな。少佐が紙とペンを持っていて助かった。

少佐に魔力を流して、先ほどより深く鑑定を施す。それを書き写して……

「できました。ベラルト少佐の鑑定結果です」

「ありがとう……」

思えば、人間の鑑定結果を誰かに見せるのはずいぶんと久しぶりだ。昔、上司が見せろと言うから紙に詳しく書いて見せたのに、「適当なことを書くな！」と激怒されたっけ。それ以来、物品にしても最低限の品質しか報告しないようにした。

少佐も、激怒までは行かずとも、気分を害さなければいいのだが……

彼は紙をまじまじと見て、訝《いぶか》しげに尋ねてくる。

「申し訳ないが、ここに書いてあることについて説明してもらえないか？」

「え？　あっ、すみません。もちろんです」

初めて結果を見せる相手になら、説明も必要か。

俺は紙に書いてある項目を指差しながら、順に話す。

「上から順番に、【名前】と年齢、現在の【状態】と【能力値】。その下にあるのは、これまでに積み上げてきた【技術】。最後に【素質】、つまりその人が持つ才能のようなものが書いてあります」

もう少し深く鑑定すれば、奴隷にした時の価値やこれまでの経歴なんかも見られるが、本人が知っても仕方がないため見ていないし、書いてもない。

ベラルト少佐は【素質】の欄を見ながら言う。

「剣術より弓術の方がランクが高いね……つまり僕は、剣術を学ぶよりも弓術を学んだ方がいい。そういうことかな？」

「いえ。確かにそのような鑑定結果が出てはいますが、ゼロから始めるならどっちがいいか。その程度です。素質よりも、努力した時間の方がはるかに重要ですから」

「……なるほど。ゼロから始めるなら、か――もしかするとキミは、女王陛下の側に立つべき人物なのかもしれないね」

「え……？」

少佐が小さく笑った？

「いや、こちらの話だよ」

少佐はそう言って、自分の鑑定結果を見ながらゆっくりと歩き始めた。

考えを巡らせているようなその横顔に何も言えなくて、俺は少佐の後ろを静かに付いていった。

そうして、十分ほど歩いただろうか？

階段を上がって通路を抜け、たどり着いた先に見えたのは、丸太を積み上げたような小さな家。

「本格的な移動は明日からにしよう。夜も遅いしね」

ベラルト少佐は大きく伸びをして、凝り固まったらしい肩を回しながら楽しそうに笑った。

どうやらここは、ヤベールの街から少し離れたところにある森の中であるようだった。外壁の張り出しから放たれる光が、木々の向こうにぼんやりと見えている。

背後にあった通路の出口は、入口と同じようにいつの間にか消え去っていた。

「この家は？」

「僕たちの隠れ家だよ。ちょっと準備してくるから、そこに座っていてくれ」

「分かりました」

家の中へ入っていくベラルト少佐を見届けたあと、近くにあった切り株のような椅子に座って、ほっと息を吐く。

空を見上げると、無数の星が静かに輝き、二つの月が俺を優しく照らしてくれていた。

――ゆっくりと空を見るなんて、いったい何年ぶりだろう？　木々の揺れる音や木の葉の擦れ合う音が、今は心地好《よ》く感じる。

ぼんやりとしていると、ベラルト少佐が戻ってきて対面の椅子に座った。

「寝る前に酒を飲みながら話でも……と思ったんだが、あいにくとココアしかなくてね」

「あっ、いえ、すみません。いただきます」

受け取ったカップにゆっくりと口を付け、はぁー……と白くなる息を空に吐き出す。

ベラルト少佐は俺たちの間にある焚《た》き火台に薪《まき》をくべ、魔法で火を付けた。

「個人的な質問で申し訳ないんだが、キミはどうして鑑定士に？」

「……」

俺が鑑定士になった理由、か……

「これも、亡命に関わる質問、ですよね？」

「いや、僕の個人的な関心で深い意味はないよ。だから、答えたくなければ無理に答えなくてもいい」

「いえ、そういうわけではないのですが……」

明確な理由なんてないし、何より、面白い話じゃない。

「それしか生き残る道がなかった。ただ、それだけです……詳しく、聞きますか？」

「あぁ。キミが辛《つら》くないのであれば、聞かせてもらうよ」

「分かりました」

胸の中に溜まっていた何かを吐き出すように、ふぅー……とため息を吐《つ》いて、ココアが入ったカップを傾ける。

バチバチとはぜる焚き火を眺めながら、小さく笑ってみせた。

「うちの王国じゃよくある話です。平民の両親が早くに死んで子供だった俺だけが残され、家を追い出されて道の上で寝起きをする生活が始まりました。同じ境遇の子供たちと固まり、物乞《ものご》い紛《まが》いの生活を続けていましたが、ある日突然、貴族様の兵に捕まって『鑑定魔法を覚えた者には、飯をやろう』と言われました。三日で覚えられなかった者は、どこかに連れていかれて。なんとか俺や他の何人かの子供たちが覚えましたが、それからは鑑定の仕事をこなす日々の始まりですね」

毎日のようにノルマが増えて、人が倒れる。人が倒れて、またノルマが増える。

「俺らの命なんて、本当に使い捨てです。自分自身の鑑定はできないから実際のところは分からないのですが、俺には鑑定の才能があったのでしょう。気が付けば、俺一人だけが生き残っていた」

最後の最後まで、人が補充されることはなかった。

家族との思い出なんてもはや残っていない。

あの壁の向こうにあるのは、辛い日々の記憶だけ。

「でも、最後にいい思い出ができたみたいです。俺を認めてくれる人と出会えました」

最初こそ冗談かと疑っていたが、ひとときの笑いのために地下通路なんて用意するはずがない。

この人は本当に、俺のことが必要だと思ってくれたのだろう。

「僕が責任を持って、グラウス帝国にたどり着けるよう手配するよ。必ず」

軽く空を見上げたベラルト少佐は、外ばかりを照らす櫓《やぐら》を睨《にら》みつけているように見えた。

1　実力主義の国

「あんちゃん、起きんくていいがけ？　帝都に入るがよ？」

「ん……？」

ぼんやりと開けた視界の先に見えたのは、雲一つない青空。

不意に頭上から影が射《さ》した。俺の乗る荷馬車が、バカみたいにデカい石門を通り抜けたのだ。

「グラウス帝国によう来たちゃぁ。歓迎するがいね」

御者台《ぎょしゃだい》に座る老夫婦が、楽しそうに笑っていた。

突然ヤベールの街の倉庫に現れた帝国軍人――ベラルト少佐の案内で母国を捨てて、今日で十日。

彼の案内で帝都行きの馬車に乗せられ、ぼんやりと揺られる旅も、もう少しで終わりらしい。

なお、少佐はまだやることがあるらしく、ヤベールの街に戻っていった。

「帝都・カリソルム名物、城《しろ》えび饅頭《まんじゅう》！　一個二百エンだ!!」

「お兄さん、お土産に光るイカの沖《おき》漬《づ》けはどう？　安くしとくよー！」

「新鮮、とれたて、きときと!!　海鮮丼を食うなら、俺んとこっきゃねぇ!!」

威勢のいい声に、陽気な足音。街全体が、温かい空気をまとっているように見える。

「いい国ですね」

俺がポツリと言うと、老夫婦が軽く振り向いた。

「おん？　そうけ？　おらっちゃは帝国しか知らんがで、分からんですちゃ」

「か、だらないがけ！　女王陛下とタテレ山が守ってくれとるからやが！」

「せやったぁ。いい国なんは、シュプル女王様とタテレ山の神さんのおがけですちゃ」

「……なるほどです」

相乗りさせてもらった老夫婦の言葉はなんとなくしか理解できないが、祖国への愛は伝わってくる。

石畳《いしだたみ》は綺麗に整っているし、浮浪児《ふろうじ》の姿もない。そして何よりも、住民たちが心から笑っているように見える。

——俺の知る国と違う。俺が捨ててきたヤベールの街とは、何かが違う。

大きく息を吸い込んでみる。

磯《いそ》の香りと人々の笑い声が混じった、知らない土地の匂いがした。

俺は馬車から降りて、老夫婦に頭を下げる。

「乗せてくれてありがとうございました。また会えることを」

「あんちゃんも元気にな」

「みかん、もってきんしゃい」

「ありがとうございます」

少佐の紹介だからと無償で乗せてもらったのに、なぜかお土産までもらってしまった。

彼らはこれから、武具の買い付けをすると言っていた。うまく行くことを祈るよ。

「それにしても、こんなに寝たのは、何年ぶりだろうな」

鑑定のことを忘れて眠れるなんて本当に久しぶりだ。ゆっくりと眠ったおかげか、生まれ変わった気さえする。

まぁ、早いとこ仕事を見つけないと。このままじゃ飢《う》え死にしてしまう。

『キミならどこでも雇ってくれるよ』

別れ際にベラルト少佐はそう言ってくれたが、正直不安だ。

右も左も知らない土地で頼りになりそうなのは、少佐の紹介状だけなのだが……

【職　業】帝国軍士官：5／11（少佐）

鑑定によると彼の階級は十一段目ある中の五段目。帝国軍の階級制度には詳しくないが、下から数えた方が早い数字だ。

門前払いを回避するための書類……どうにも、そんなイメージしか湧いてこないな。

「でもまぁこれを見せたら一応話だけは聞いてもらえそうだし、『当たって砕《くだ》ける』を何回もやるよりはいいか」

そう思い直して、周囲に目を向ける。

軍人である少佐に拾ってもらってグラウス帝国に来られたのだから、最初は軍に関連する場所に向かうべきだろう。

『もし興味があるなら、赤い鐘がある白い建物に行ってくれ。軍の訓練校だ』

少佐からはそう聞かされたっけ。彼は俺に、軍人になってほしいようだった。

「赤い……あー……これ、だよな？　思ったよりデカいな……」

探すまでもなく目の前にあった。巨大な壁の奥に白い建物があって、赤い鐘が見えている。訓練校にしては閑散《かんさん》としているけど、少佐に教えてもらった特徴と同じだ。

そもそもあの老夫婦も少佐の紹介だからな。気を利《き》かせて訓練所の前に下ろしてくれたのだろう。

「軍の試験に落ちたら、次は商人ギルドに行ってみるか。みんながあの老夫婦みたいに優しいとは思わないけど、他にあてもないし」

それでも、軍よりは商人ギルドの方が雇ってもらえる可能性は高いだろう。

腕っぷしや戦闘力とは無縁の生活だった。試験に合格できるとは思えないが、義理は果たすべきだよな……

そう思いながら、入口を目指して歩いていく。

入口の脇には、分厚い鎧《よろい》と鋭い槍を持った兵士がいた。訓練校と聞いていたが、物々しい装備だ。

「止まれ！　何者だ⁉」

門番は全員で五人。そのうちの一人が、槍を突きつけながら問いただしてきた。

「ベラルト少佐の紹介で訪れた者です。こちらを見ていただいてもよろしいでしょうか？」

「む？　ベラルト少佐の？　……貸してみろ」

紹介状を差し出すと、控えていた門番の一人が受け取って読み始めた。

残る四人の男たちは槍を片手に移動し、俺の周囲を固める。

――下手に動けば刺すぞ。

射抜くような視線が、そう言っているように見える。

やがて、紹介状を読んでいた門番が眉をひそめて独り言を呟いた。

「優秀な人材？　ベラルト少佐より優れた将になる？　こんな手羽先のような腕の男が？」

『将』ってのは、軍を指揮する存在だったよな？

いや、ないだろ⁉　ベラルト少佐は何を思ってそんなことを⁉

「こんな骨と皮しかないような男を将だなんて、少佐は何を言っておられるのやら……」

うん、俺もそう思う――それにしても、こうして蔑《さげす》まれる感覚はなんか久しぶりだな。

ドラムド王国を捨ててまだ十日やそこらだけど、懐《なつ》かしいというか、なんというか……

「貴様！　なんだその顔は‼」

突然、門番が俺を睨んで大声を上げた。

「え……？　いっ、いえ！　なんでもないです！　申し訳ありません!!」

懐かしさのせいでどうにも気が緩んで、とぼけた顔になっていたらしい。

慌てて謝ったが、逆にそれが彼の気を悪くしたようだった。

門番は紹介状をグシャリと握り潰す。

「偽の紹介状だな」

「え？」

「これはベラルト少佐の文ではない！」

苛立《いらだ》たしげに叫び、丸めた紹介状を投げ捨てる。

転がっていく紹介状を目で追うよりも先に、門番の男が俺の胸ぐらを掴み上げる。

「今なら見なかったことにしてやる！　貴様の相手をしているほど、我々は暇では――」

「そこまでだ、キジェン上等兵！」

いきなり、訓練校の入口の方向から男の怒号が飛んできた。

声に続いて男が現れ、門番たちを睨みつける。

「キジェン上等兵はただちに腕を放し、他の者は脇に待機せよ！　これは命令である！」

「「「はっ!!」」」

門番たちは飛び上がるように道を空け、握り拳を胸に当てて直立した。

男はゆっくりとこちらに歩み寄ってきて、捨てられた紹介状を丁寧に拾い上げる。そして俺のことを指差しながら、門番たちに問いかけた。

「貴様らはこの男の魔力すら感じ取れんのか？」

「魔力、ですか……？」

「常人とはかけ離れた膨大《ぼうだい》な魔力が彼から漏れ出していることに、なぜ気付かん」

……は？　膨大な魔力？　そんなものが俺の体から出てんの!?　それって大丈夫なのか……？

「なるほど、本人も知らぬわけか。わざとかと思いヒヤヒヤしたぞ」

門番の上司らしき人物は、俺の顔を見てそう言った。

そして彼は、くしゃくしゃになった紹介状を広げ、視線を走らせる。

「毎日八百回を超える〝鑑定魔法〟の行使……ゼロからの教育……彼に部下を……なるほど、確かに面白そうだな」

くくくく、と声が漏れている。熊でも殺しそうな笑みだ。

「おっと、失礼。アルトくんだね？」

「はっ、はい！」

姿勢を正して返事したら、男は一転して好青年のような態度になり、手を差し出してきた。

「僕はルドルフ。君をスカウトしたベラルトと同じ少佐の立場ってことになっているけど、そこはあんまり気にしなくていいよ。まぁ何はともあれ、よろしく、期待の新人君」

俺は何が何やら分からないまま、目の前に伸びてきた手を無意識に握り返していた。

☆★☆★☆

ルドルフ少佐に連れられて、訓練校の建物の中へと入っていく。

俺は建物に入る途中に説明されたことを、ルドルフ少佐に確認した。

「つまり軍部で働くには、一ヶ月後に行われる試験に合格する必要がある、ってことですね？」

「そうだね。その認識で間違ってないよ。でもその前に、試したいことがあるんだ」

「試す、ですか？」

「そう。普通の試験じゃ見られそうにない、君の実力が見たいんだよ。その代わりと言ったらなんだけど、宿と食事はこちらで用意する。どうだい、悪くない提案じゃないかな？」

試験まで時間があるから、その間に別の試験をする……ってことか。

ちょっと変だが、寝床と飯がもらえるなら願ったり叶ったりだ。寝るのは橋の下でいいが、飯はどうしようもないからな。他にあてがあるわけでもないし、断る理由はない。

「よろしくお願いします」

「うん、いい答えだ。早速だけど、もう少しだけ威厳が出るような服に着替えようか」

「着替え、ですか……？」

ルドルフ少佐に連れられて、更衣室らしき場所へと足を踏み入れる。

言われるがまま高そうな服を手に取って、着替えさせられた。

そのあと訓練校を出て、敷地の一番奥まで連れていかれる。

大小様々な建物を抜けた先に、宿舎のようなものが三棟《とう》建っていた。その中には小さな机や椅子、建物の周りには子供が喜びそうな遊具もある。

「……あれは？」

「軍の保護施設だよ。様々な事情で飯が食えなくなった子供たちにごはんを食べさせて、訓練が受けられる年齢まで育てる。そんな施設だね」

「へぇ、帝国にはそんな場所が……」

帝国に来てから浮浪児を見ないとは思っていたが、その理由はこれか。

飢えた子供をここに閉じ込めて……といった雰囲気でもなさそうだな。

「街の人たちからすると、この中の誰かが自分の子や孫を守ってくれるかもしれない。僕ら軍人にとっては、未来の部下や上司。保護施設で暮らしているのはそんな存在だよ」

なるほどね。誰にとってもいい場所ってことか。

まぁ、反対者がゼロなんてことはないだろうけどな。

「それでね。君には子供たちの『年長組』の誰か一人を部下にして、優秀な軍人に育ててほしいんだ。それが試験だよ」

「…………え？」

部下にして、育てる？　俺が？

「君は〝鑑定の魔法〟が得意なんだよね？」

「……えぇ、まぁ。人並みには使えますね」

「その力を存分に活かして、彼らを見てみるといい。面白い結果を期待しているよ」

ルドルフ少佐はそう言って笑っているが、意図が読めない。

とりあえずは、この街にいる鑑定士よりも子供たちをより深く見ろ、ってことでいいのか？　そのあとの育てろ、というのは鑑定士の領分を超えていそうだが……

まぁでも、俺の今やるべきことが鑑定なのは分かった。

「分かりました。早速始めても？」

「もちろん。年長組はこの建物だよ。僕と一緒なら好きに見て回っていいからね」

少佐に促《うなが》され、一棟の建物の中へと入っていく。

一階部分は、大きな運動場になっていた。

——よーい、はじめ！

そんな掛け声にあわせて、子供たちが次々と走っている。

意外と体格の大きな子も多い。それどころか、俺よりも頼りになりそうな子もいる。

年長組とは聞いていたが……子供以上、大人未満、そんな感じだな。

「ここにいるのは、十五歳くらいですか？」

「その通り。卒業間近。あと一年もすれば、君や僕の同僚になる子供たちだ」

改めて子供たちを見る。

種族は人間だけじゃないな。獣人がいる。牛や羊のような角がある子、猫の耳を持つ子。一番体が大きな子は、巨人族とのハーフだろうか？

『実力主義で、産まれは気にしない』

ベラルト少佐の言葉は、嘘じゃなかったらしい。
ともかく、鑑定して各人の素質を見てみるか。

【名　前】ラルフ（15歳）
【素　質】近接戦闘：C　速度強化：C

【名　前】ルーレスト（15歳）
【素　質】肉体強化：B

【名　前】カリナ（15歳）
【素　質】弓技：B

【名　前】ゴルタルス（15歳）
【素　質】近接魔法：A

高い技術を持つ子はまだいないが、優秀な素質を秘めた子は何人もいる。

楽しそうに周囲を見ていたルドルフ少佐が、俺の方に近付いてきた。

「全員を一度集めるかい？　それとも一人ずつ呼び出した方がいいかな？」

「あっ、いえ。このままで大丈夫ですよ。もう、終わりますから」

「終わる？　……鑑定がかい!?」

「え？　勝手に始めたらまずかったですか!?」

「……いや、そんなことはないよ。気にしないでくれ」

よく分からないが、このまま続けていいようだ。

一人を選べ、ってことは、深くまで見る子は、ある程度絞ってからでいいんだよな？

とりあえず、薄く、広く魔力を伸ばして鑑定していくか。

【名　前】ゲルビン（15歳）
【素　質】槍術：A

【名　前】サーラ（15歳）
【素　質】剣技：S

【名　前】シャウラ（15歳）
【素　質】広域魔法：A

将来有望なのは、今見た子たちだな。特に、剣技Sの素質を持つサーラは別格だ。最も優れた子を一人選べと言われたら、間違いなく彼女を指名するだろう。

だけどそれは、みんなが分かっていることだと思う。

「先頭を走っている赤い髪のサーラって子。優秀そうですね」

「……そうだね。保護施設が始まって以来の天才だと、担当者が言っていたよ」

「そうですか」

だとしたら、俺が選ぶべきは彼女じゃないな。

段々と求められていることが分かってきた。俺に与えられた試験は、隠れた才能を持つ人材を見つけ出して育てること。すでに優秀な人物を選んでも、高評価にはならないと思う。

——そんな中、俺は一人の少女に目を留めた。

【名　前】リリ（15歳）
【素　質】支援魔法：S　杖術《じょうじゅつ》：C

頭に羊の角が生えている女の子。走るのが苦手なようで、一人だけみんなに置いていかれている。

「ほら、リリ！　周回遅れだよ！」

「はぁ、はぁ、ごめんな、さい……」

「このままじゃ、留年だからね！　分かってる!?」

「はっ、はい……ごめんなさい……」

本人には申し訳ないけど、今の俺には打ってつけの人材かもしれない。

一応、ルドルフ少佐に尋ねておいた方が無難だろう。

「少佐。優秀な軍人に育てると言うのは、身体能力に限った話ではありませんよね？」

「ん？　あー、そうだね。軍にとって優秀であればどんな形でもいいよ。もう見つかったのかい？」

「はい。あの周回遅れの子がいいと思うんです」

「っ!!」

ルドルフ少佐は思わず、と言った様子で振り向き、俺の顔と少女を見比べる。

一方、リリという少女は教官らしき女性から叱咤《しった》されていた。

「リリ！　あとはアナタだけよ！　しっかり走りなさい！」

「はぁ、はぁ、はぁ、はぁ……」

どうやら他の子はみんなゴールしたらしく、彼女一人だけが苦しそうに走っている。

その姿だけを見るとどうにも頼りなく見えるけど、鑑定は嘘をつかないからな。

「本気で言っているのかい？　申し訳ないが、僕には可愛らしい羊族の少女にしか見えないが」

「もし彼女を優秀な人材だと証明できれば、合格になりますか？」

「……そうだね。彼女なら誰からも文句は出ないよ」

だったら、決まりかな。あとは本人が了承してくれるかだけど、そこはルドルフ少佐に任せたらいいと思う。そのために付いてきてくれたんだろうし。

「お願いできますか？」

「分かったよ。サンザイ先生。十分の休憩を与えたあとに、みんなを集めてもらっていいですか？」

サンザイ先生と呼ばれた教官の女性は、ルドルフ少佐の方を振り向いて敬礼で応《こた》えた。

「かしこまりました――現時刻をもって休憩とします！　各自、十分後にこの場での整列を！」

「「はい！」」

へぇ、幼い顔立ちを除けば、立派な軍人に見えるな――なんて思っていると、数人の子供たちだけが壁際に走っていった。その中には、最後にゴールしたリリの姿もある。

「あー、疲れたぁ。まじしんど……」

「お前、死にかけてんなぁ。水、取ってきてやろうか？」

「悪いけどよろしく。あー、ブドウジュースまであと三秒だったんだけどなぁ」

「立ち組に入らないだけマシだろ？」

他の子供たちが思い思いに体を休める中で、彼女たちはそのまま壁際に立ち続けていた。

水だけはもらえているみたいだけど、どうにも辛そうに見える。

「ルドルフ少佐、あれは？」

「時間内に完走できなかった子供たちだね。そっちでクッキーを食べているのが上位に入った子だよ」

「……なるほど」
一、クッキーとジュース。二、ジュースのみ。三、水のみ。四、壁際に立つ。そんな順番か。
速くゴールした者には褒美《ほうび》を、遅い者には罰を。少なからず思うところはあるけど、実力主義なのは間違いないのだろう。

下位グループばかりを気にかけてしまうのは、俺が似たようなグループに所属していたからかな。

「徹底していますね」

「僕個人としては、ご褒美だけでいいと思うんだけどね。周囲への分かりやすさも求められてさ」

なるほど。実力主義をかかげる国の弊害ってところか……

でもまぁ、結果を残せば上にいけるって考えれば、母国よりよっぽどいい。

向こうじゃ、平民は死ぬまで壁際に立たされて貴族はクッキーだからな。

「ニワトリ組！　番号！」

「一」

「二」

「三」

休憩が終わり、子供達がキビキビと点呼をしていく。

「全員揃っていますね。ルドルフ少佐よりお言葉をたまわる！」

どうやら準備が終わったらしい。

「アルト君、行くよ。できるだけ堂々としていてくれ。いいね？」

え⁉　俺も子供達の前に行くの⁉

……という言葉を無理やり心の中に押し込めて、頷《うなず》いて見せた。

正直な話、嫌というか、場違い感がハンパじゃない。とはいえ拒否できる感じでもないよな？

「ねぇ、見て。あれって幹部候補生の制服だよね？」

「すげぇ、エリート様じゃん！」

「でも、筋肉ないよ？　弱そうだよ？」

「それは、まぁ確かに……でも、エリート様だぜ？　たぶん……」

子供たちが俺を見てざわついている。エリートってなんの話だ？

幹部候補生の制服？　——もしかして、俺が着ているこの服か⁉

「アルト君、もう少し堂々と。いいね？」

「……分かりました」

ルドルフ少佐の口元が緩んでいるように見える。

どうしてそうなった？　何かの作戦か？

ルドルフ少佐は、そわそわしている子供たちに向かって口を開く。

「用件を伝えるよ。この中から一名をアルト幹部候補生の助手にする。リリ訓練候補生、前へ」

「「‼」」

「えっ……？」

「聞こえなかったかな？　リリ訓練候補生？」

「はっ、はひ！」

最後尾にいた少女が大慌てで駆けだして、ベタンと前のめりに転んだ。

「あぅ……!!」

目尻にうっすらと涙を溜めながら、頭にある羊の角をさすっている。

なんというか、可愛らしい子だな。

「ごっ、ごめんなさい」

「いや、これは罰ではないから慌てなくてもいい。君はアルト幹部候補生にその実力を認められたんだ」

「え……？」

立ち上がろうとしていた少女の腰がペタンと落ちて、不思議そうに俺の顔を見上げてくる。もとから大きな瞳《ひとみ》が、さらに大きく開かれていた。

「私が、選ばれた……？」

「嘘だろ!?」

「どうして、あんなどんくさいヤツが!?」

「見た目か!?　だったら俺の筋肉の方が可愛いだろ!?」

他の訓練候補生が口々に言い合っている。どうにも、彼女が選ばれたことが不思議らしい。

俺の方が！　私の方が！　といった声ばかりが聞こえてくる。

「用件は以上。この場にリリ訓練候補生を残して、残りは解散していいよ」

「聞こえましたね？　各自、隊列を整えて二階へ――」

「ちょっと待ってください！」

教官らしき女性の声を遮《さえぎ》って、体の小さな少女が大きな声をあげた。

確か、一位の子に数分差で負けて悔し泣きしていた女の子だったと思う。

「彼女は出来損ないです！　なぜ彼女を優遇するのですか!?」

「マルリアさん！　これは命令です！　異議は――」

「いいえ、構いませんよ」

「「!!」」

俺が口を挟んだら、全員が驚きの表情を浮かべてこちらを見た。ルドルフ少佐まで驚いているな。

けどまぁ、あれだ。一方的に言葉を呑《の》み込ませるのは、さすがに可哀想だからな。存在意義を否定されるって感じがして、本当にやるせなくなるんだぜ？

俺はその少女と目を合わせる。

「俺が彼女を選んだ理由が知りたい。そうだよね？」

「はい！」

「それはね、彼女が出来損ないでも落ちこぼれでもないからだよ。ただ、今の環境が彼女には合っていない。それが一番の理由かな」

「かんきょう、ですか……？」

どう見ても、分かりません、って顔だな。さて、どう説明しようか。

『弱そうな子を選んだ方が、俺の評価を上げやすいんだ』なんて言えるはずないし……

そう思っていると、ルドルフ少佐が楽しそうに肩を揺らした。

「ではこうしよう。八日後に、リリ訓練候補生とマルリア訓練候補生の模擬戦をする」

「「え……？」」

「その試合で、アルト幹部候補生への評価を決めるよ。マルリア訓練候補生に異論はないね？」

「……はい！　絶対に勝ちます！」

「うん、いい答えだ。リリ訓練候補生はどうかな？　頑張れるかい？」

「はっ、はい。幹部の方と、いっしょ、なら……」

「決まりだね。アルト君、期待しているよ」

ルドルフ少佐は笑みを浮かべながら、俺の肩をぽんぽんと叩いていた。

☆★☆★☆

「今後の打ち合わせなんかもあるだろうし、二人でクッキーでも食べてきていいよ」

そう言ってアルトとリリを送り出したルドルフは、担当教官のサンザイを連れてルドルフの仕事部屋へと来ていた。

原則として子供たちはここに入れず、用事があって訪れる者もめったにいない。秘密の話をするには、打ってつけの場所だ。

「サンザイ先生。あの青年、アルト幹部候補生をどう見ました？」

「……そうですね。率直な意見を言わせていただけるのであれば、少しだけ頼りないなと。ですが、あの魔力量は異常でしょう。彼はいったい何者ですか？」

「敵国に行っている同期からの贈り物です」

「ベラルト少佐の!?」

「ええ。任務中に見つけて思わずスカウトした。そう書かれていましたよ」

ルドルフはそこで一度言葉を切り、香りの高いコーヒーで唇《くちびる》を湿らせる。

ふわりとした苦味を楽しみつつ、小さく笑って見せた。

「一日に八百を超える数の鑑定魔法を使っていたそうです。とある地方都市に送る全てのものを彼一人で鑑定していたのだとか。もっとも、本人は知らないようですが」

「……にわかには信じられませんね」

「僕もです。ですが、まずはこれを」

そう言って、ルドルフが小さな紙切れを差し出した。

急いで書いたような流れる字で、子供たちの名前が記されている。

「これは？」

「優秀な子だと、彼が名前をあげた子供たちです」

「!!」

マラソンが早かった者、遅かった者。その結果にかかわらず、サンザイの知る限りの優秀な生徒達の名が記されている。一人も余すことなく、上位者から順番に……

評価に多少の差はあるが、幼い頃から見守ってきた者としての意見と、大きな差はない。

「これを、どうやって」

「鑑定だそうですよ」

「え……？」

「鑑定魔法を人に使ったらしいのです。動くものには使えない、という鑑定魔法の常識を蹴り飛ばすかのように、彼は走っている子供たちを鑑定して見せました。僕の目の前でね」

「…………」

――ありえない。

その言葉をぐっと呑み込んだサンザイが、大きく息を吸い込んだ。

「規格外の魔力量がそれを可能に？　いえ、毎日八百回以上使っていたということであれば、熟練度の方でしょうか？」

「分かりません。ですが、彼は、自分で育てる相手にリリ訓練候補生を選びました」

「鑑定の魔法が、あの子の将来性を高く評価したと？」

「憶測の部分も多いですが、八割方は当たっていると思いますよ」

もしそうであれば、人の鑑定結果には何が記されているのか。〈値段〉や〈希少価値〉なんて言う一般的な結果とは、ずいぶんとかけ離れているのは間違いないだろう。

「次の練習試合で、リリ訓練候補生が勝ってしまうようなことになれば、面白いと思いませんか？」

獰猛《どうもう》な笑みを浮かべるルドルフの言葉に、サンザイは肩をすくめて笑うしかなかった。

☆★☆★☆

「えっと。アルトって言います」

「はっ、はい。リリです。よっ、よろしくお願いします」

「うん。こちらこそ……」

とりあえず挨拶したまではいいんだが、話す話題が見つからないんだよな。

艶《つや》のあるふわりとした灰色の髪に、グルリと曲がった羊の角。身長は百四十センチくらいで小柄だけど、胸は大きめ……

「……？　えっと……？」

「あっ、いや、なんでもない！　うん、なんでもないよ！」

平常心、平常心……というか、少女を相手にビビっている場合じゃないよな。

早めに就職先を決めないと！

「それじゃあ、リリって呼んでもいいかな？」

「はい。大丈夫です、アルト様」

……さま、か。母国じゃ平民とかクズとかしか呼ばれたことなかったから、すごく違和感があるけど、好きな呼び方で呼んでもらえばいいか。

「早速で悪いんだけど、リリを詳しく鑑定したいんだ。いいかな？」

「かんてい、ですか？　えっと？　はい。大丈夫？　だと、思います」

そう言ってくれたものの、どう見ても理解してないね。コテリ、って首を傾《かし》げているし。

でもまぁ、痛いことするわけじゃないから、大丈夫かな。

「行くよ？」

「はっ、はい！」

無防備に目を閉じたリリの手に触《ふ》れて、細い魔力を流していく。

子供たち全員を見た時より強く。彼女の全てを見る気持ちで……

【名　前】リリ（15歳）
【状　態】生命力：68／68　魔力量：39／39
【能力値】体力：20（F）魔力：30（E）物理：5（F）魔法：10（E）防御：3（F）
　　　　　素早さ：5（F）回避：5（F）幸運：20（D）
【技　術】なし
【素　質】支援魔法：S　杖術：C　料理：B

【能力値】の欄にある体力や魔力の後ろに付いているのは数値をランク化したものだ。Fが最低で、Sが最高評価となっている。

現状は見た目通り、って感じだな。幸運以外の数値はかなり低い。

――まぁ、それも含めて彼女を選んだのだから仕方ないんだけどね。

それにしても、どうして八日後に勝負とかそんな話になったのか……素質が高くても、育てるための時間がなぁ。部下を育成した経験もないし……

とりあえずは、数値だけでもメモしておくか。

「アルト様？　それは？」

「ん？　あぁ、ごめんね。キミの――じゃなかった、リリの鑑定結果だよ」

「わたしの、かんてい……？」

首を傾げたリリが、顎《あご》に指先を当てて天井を見上げる。

かんてい？　かんてい……？　そう何度も繰り返し、ハッと目を見開いた。

「えっと、あの。もしかしてなのですが！　アルト様は、人物の鑑定ができるのですか？」

「え？　あ、うん。できるよ？」

「……!!　すごいですね！　さすがは幹部候補生です！」

すごい？

「えっと……詳しい結果、聞く？」

「はい！　よろしくお願いします！」

身を乗り出して目を輝かせるリリを見ていると、どうにも自分がすごい人間に思えてくるな。

そういえばルドルフ少佐に鑑定結果を見せた時の反応も、どことなくおかしかった。

――もしかして、この国には人間を鑑定できる人材が少ない、とか？

「……まさかね」

「アルト様？」

「あっ、ごめんね。まずはこれをもとに、強くなる方法を考えようと思うんだけど――」

まぁ、ダメでもともと。できる限りのことはしようかな。

そう思いながら、俺はリリに向き合った。

現状の能力値が弱いのは仕方がないから目をつむるとして、注目すべきはやはり素質の部分だろう。

リリに鑑定結果を伝えると、彼女は俺の顔を見上げて目を丸くした。

「私に、魔法の才能が？」

「そう。支援魔法がS評価。努力をすれば最強になれる可能性があるよ」

「最強に……」

鑑定結果が記された紙を渡すと、リリはまじまじと見つめ、うめくように言葉を漏らす。

「わたしなんかが……？」

どうやら信じられないらしい。

ずっと落ちこぼれだったみたいだから、気持ちは分からなくもないけどね。

「どうかな？　とりあえず試してみる、ってのは」

「はっ、はい！　お願いします！」

「うん。それじゃ方針も決まったし、次は情報収集かな」

「情報収集、ですか？」

「そう。申し訳ないんだけど、支援魔法に関してはあまり知らなくてさ」

母国じゃ鑑定する以外の時間なんてなかったし、俺にはその辺の知識がない。頼りにならず、本当に申し訳ない。

「図書室とか、資料室とか。本がいっぱいあって、俺も一緒に入って大丈夫そうな場所ってここにはないかな？」

「本がいっぱい……それでしたら、私達の教室に街の人からもらった本がたくさんありますよ」

「そうなんだ。案内してもらってもいいかな？」

「分かりました！　こっちです！」

リリは俺が書いた鑑定結果のメモを慌ててポケットにしまい、くるりと背を向けた。

……ん？　スカートに、丸い尻尾《しっぽ》が付いている？

「どうかしましたか？」

「いや、なんでもないよ」

あー、なるほど。スカートに穴を開けて、尻尾を外に出しているのか。

どんな種族でも受け入れる国って話だからな。尻尾がある種族向けのスカートくらい、あって当然か。

　そんなことをぼんやりと思いながら歩いていると、リリがドアの前で立ち止まった。

「ここですね」

　ドアを開けてまず見えたのが、本の山。椅子とテーブルが五十個くらいあって、それを覆《おお》うように本棚が所狭《ところせま》しと並べられていた。

　どの棚もパンパンで、入りきらなかった本が段ボール箱で積み上げられているくらいだ。ざっと見ただけでも三千冊は超えていると思う。

「他の部屋にも同じくらいあって、自由に読めるんです。強くなりたい人は勉強しなさい、って」

「なるほどね」

　試しに落ちていたものを拾ってみる。

『剣術の指南書』『料理の隠し味～母の味を求めて～』『おすすめの帝都パンケーキ百選』といったタイトルだった。

　軍事に必要か？　と首を傾げたくもなるが、学びたいことは全て学べる気はする。

「魔法関係の本を探せばいいんですよね？　えっと、確かこの辺りに――」

　リリが棚の奥の方をごそごそと探し始めるが……

「あれ？　ここじゃなかったのかな？　こっち……？」

　漏れる声を聞く限り、見当たらないらしい。

　まぁ、これだけの量があって毎日誰かが読むのなら、管理するのも一苦労だろう。むしろ、ある程度だけでも、どこに何があるのかを把握しているだけ優秀だと思う。

だけど今は時間がないし、ちょっとだけズルをさせてもらおうかな。

「探しものは任せてくれていいよ」

リリにそう声をかけて、目を閉じる。

自分を中心に魔力を霧状に広げて、無作為に鑑定を施していく。

母国でやったのが最後だけど、次々と脳内に流れ込む感じが懐かしいな。

『おい、平民！　国王様が取り寄せたものをどこへやった!?　今すぐ探し出せ!!』

突然そう言われるのも日常茶飯事だったし。心穏やかにできる分、今の方が断然やりやすい。魔力を節約しなくていいって、すばらしいな！

・支援魔法を志す者達へ（２６００エン）
・支援魔法入門（１６８０エン）
・君と僕は愛の支援魔法を紡ぐ（６３０エン）
・支援魔法と筋肉の歴史（２４８０エン）

「そこの段ボールの中に入門書があるね。中級、上級者向けは、そっちの棚みたいだよ」

『支援魔法入門』と『支援魔法を志す者達へ』の二冊を見つけた。

残りは、時間がある時に読みに来るか。

特に、『支援魔法と筋肉の歴史（２４８０エン）』はどんな歴史なのか気になって仕方がない。

「え……？　え～っと……ありました！」

「それじゃ、一階に戻ろうか。広いところの方がいろいろと試せるしね」

「はい！」

楽しそうに、ぎゅっ、と本を抱き抱えたリリと共に一階へ。

「十五分以内はカツカレー、二十分までがコロッケカレー、それ以下はノーマルのカレーです。用意はいいですね!?　――はじめ！」

一階ではそんな声と共に、子供たちが一斉に走りだしていた。

ラップタイムで夜飯のメニューを決めるマラソンのようだ。

まぁ、誰だってカツカレーが食いたいよな。今はまだ、胃もたれなんて気にならない年齢だろうし……なんだか、言ってて悲しくなってきた。

「それじゃあ、俺たちは本を読もうか」

「……えっと、走らなくてもいいんですか？」

ん？　走りたいです！　って感じではなさそうだけど。

疎外感……と言うよりは、自分だけ走らなくていいのかっていう罪悪感かな？

「いいよ、いいよ。リリはこっちが優先。ルドルフ少佐の許可は取ってあるから」

「えっと……分かりました」

走っている子供たちに視線を向けたリリが、申し訳なさそうに頭を下げた。

そして地面にペタンと腰を下ろして、抱えていた本を開いていく。俺も横から覗き込んでみると、はじめに支援魔法とはなんぞや！　みたいな紹介文があり、その後は魔法が個別に紹介されていた。

「筋力アップ、視力向上、雑念排除……」

支援魔法の主流は、味方を強くする魔法らしい。

「筋力ダウン、速度低下、詠唱阻害……」

また、敵を弱くする魔法も支援魔法に含まれるようだ。

でもって、その二つに分類できないものもある。

「食料運搬、給料計算、荷造り作業……」

自分が主力になって戦う、と言った魔法ではなさそうだが……そこはリリの使い方次第かな、とも思う。

それぞれに覚えやすさなんかがあって、主流の能力向上系は比較的簡単らしい。

「どうかな？　試してみたい魔法があったりした？」

「えっと、あの……これ、なんですが、ダメですか？」

指差した先に書かれていたのは、〈パワーアップ〉と〈スピードアップ〉の二つ。

マラソンは周回遅れだったみたいだし、憧れもするか。

「いいんじゃないかな。とりあえずは、その二つを頑張って覚えてみようか」

「はい！」

そういうことになった。

まぁ、いくら素質Sランクだと言っても、お試しで成功するようなものでもない。

〈スピードアップ〉の使い方を本で確認して、試してみる。

「……もう一回。魔力細くして、全身に行き渡らせて、それから」

スピードアップのページを読んで、試して、また読んで。

「――失敗、ですね……すみません。もう一回頑張ります！」

同じ動作を繰り返していたリリが、祈るように両手を自分の胸に当てて目を閉じた。

〈スピードアップ〉も〈パワーアップ〉も本来は他者に使う魔法らしいが、今回は最初からリリ自身に使ってもらうことにしてある。

もちろんマルリアさんとの練習試合のためでもあるが、彼女自身も力強く、速く走れるようになってみたいと思っているはず。その思いが練習のモチベーションに繋《つな》がる。

「今度こそ……〈スピードアップ〉を起動します」

魔法のかけ声は人それぞれ。いろいろと試した結果、リリにはそのかけ声が一番しっくり来たらしい。


――そうして練習を始めて、一時間。

時刻は午後の三時二十三分。

不意にリリの肩がピクンと跳ねて、大きな目が開かれた。

表情に疲れの色が浮かび、肩が大きく上下している。

「はぁ、はぁ、はぁ……どう、ですか……？」

「ちょっとだけ待って」

魔力を大量に使った時に見られる疲れの色が見える。たぶん成功だろう。

念のため、と思いながらリリに細い魔力を流していく。

【状　態　】魔力量：19／39
【能力値　】素早さ：5（F）『＋2』

「成功しているね。素早さが上がっているよ」

『＋2』の効果が多いのか少ないのかは分からないが、初めてならできただけでも御の字だ。

「ちょっと動いてみてくれるかな？」

「はい！」

リリは大きく息を吸い込み、ワクワクした様子で駆けていく。

そのまま十メートルくらい走って、振り向いた。

「すごいです。なんだか走りやすい気がします！」

「そっか、それはよかった。頑張った結果だな」

周囲から見る分には何も変わらないように見えるが、本人が言うのなら変化は確かにあったのだろう。

他の子たちは、足が遅い子で素早さ7。速い子で12。5から7への上昇ではまだまだ。

だけど、これで方向性は見えたな。

「私、もっと頑張りますね！」

「うん、よろしくね。でも、再使用まではちょっと待ってくれるかな？　今のままじゃ魔力が足りてないから」

「そうなんですか？」

「詳しく見てないから正確じゃないけど。減り具合を考えると、ほんの少しだけね」

39から19になったのだから、消費はたぶん20。あと、1だけ足りてない。

そんなことを思っていると……

【状　態】魔力量：20／39

最低限に絞って鑑定を続けていたリリの魔力量が、1だけ増えていた。

時刻を見ると、三時二十六分。三分に1のペースで回復するらしい。

「俺が合図したら、もう一度スピードアップを使ってもらえるかな？」

「分かりました」

より深く、ピンポイントで見るように。彼女の肩に手を載せて、魔力の糸を内部に届かせる。

「いいよ。使って」

「はい！　〈スピードアップ〉を起動します！」

【魔法名】〈スピードアップ〉
【使用者】リリ
【レベル】1／2
【継続時間】20分
【効　果】素早さの能力値を＋5％　or　＋2（素質補正）
【補　足】上昇する数値が高い方をステータスに適用する

通常効果は実数値に＋5％だが、Sランクの素質補正で＋2の効果もある。上昇値はいい方を採用するようだから、素質がSじゃなかったらリリの場合、＋1すらできてない、ってことか……

さすがはSランク、とでも言うべきなんだろうな。

「はぁ、はぁ、はぁ……どう、でした……？」

「鑑定できたよ。やっぱり予測通りだった。再使用が可能になるのは一時間後だね。それまで休憩かな」

「休憩……？　いいんですか……？」

「もちろん。無理や無茶をしても、意味ないからね」

魔力切れの状態が続くと吐き気や目眩《めまい》がするし、長期化すると死にそうになる。日を追うごとに、顔色が悪くなる。

リリにあんな思いをさせたくはないからな。

【名　前】リリ（15歳）
【状　態】魔力量：0／40
【能力値】素早さ：5（F）『＋2』

試しに鑑定してみたが、さすがに効果の重複はしないらしい。その代わりと言ったらなんだが、魔力量の上限が1増えているな。

「どうかな？　コツとか掴めそう？」

「そう、ですね。なんとなくですが、分かった気がします！」

「そっか、それはよかった」

魔法は使い続けると練度が上昇する。あとは何度も使ってレベルを上げていき、使い方を工夫するのが大事だ。筋力を上げる魔法も難度はそんなに大きく変わらないし、彼女ならすぐにできるようになるだろう。

「やっぱり休憩は五時三十分頃まで延長で。それからルドルフ少佐に今日の成果を報告しに行こうか」

「ルドルフ先生に報告、ですか？」

「そう。すごい魔法が使えるようになりましたー、ってさ。きっと褒めてくれるよ」

そのついでに、パワーアップの魔法をルドルフ少佐の前で覚えてもらおう。そっちの方が驚くだろうし、俺の評価も上がりそうだ。

「わっ、分かりました」

「よろしくね。分かっていると思うけど、それまでは魔力を使わないように」

「もちろんです。えっと、アルト様は、休憩中はどちらに……？」

「あー……さっき見つけた本でも読んでこようかと思って」

支援魔法と筋肉の歴史（２４８０エン）。これがどうしても頭から離れなくてな……

「でしたら、ご一緒させていただいてもいいですか？」

「ん？　リリも本を読むのか？」

「えっと、そうですね。そうします」

……？　まぁ、いいか。

「それじゃ、行こうか」

「はい！　お供させていただきます！」

楽しそうに笑うリリと一緒に、二階へと戻っていった。

☆★☆★☆

夕日が差し込むルドルフ少佐の執務室に、コンコンコンと、控え目なノックの音がした。

次いで、鈴を転がしたような声が聞こえてくる。

「あの、えっと。訓練候補生のリリです」

ちらりと見上げた先にあった時計の針は、十八時ちょうど。気付かないうちにリリと面談する約束の時間になっていた。アルト幹部候補生はリリをルドルフに会わせるため、十七時半頃に一度部屋を訪れたが、ルドルフに思うところがあり三十分後に出直してもらったのだ。そのため彼はアルトに、十八時になったらリリ一人で来させるようにと指示した。

握っていたペンを置いたルドルフは、ふー……と肩の力を抜いて、ドアの方に目を向ける。

「入って構わないよ」

「はっ、はい！　失礼します！」

ガチャリとドアが開き、その向こうから小柄な少女が姿を見せた。

はじめに覚えたのは、小さな違和感。

「!!」

「？」

不思議そうに首を傾げる彼女が近付いてくるほどに、その感覚は明確になっていく。

魔力の質が違う！　昼過ぎに見た時よりも数段濃い魔力が、彼女の体から流れ出しているように見える！　彼女の身に、いったい何が!?

――などと思ったのは一瞬だけ。

彼女が変わった原因など、一つに決まっている。

「アルト幹部候補生と訓練をしたんだね？　どうだったかな？」

「えっと、とてもすごかったです！」

「そっか。それはよかった」

キラキラと輝く瞳に、弾《はず》んだ声。有意義な訓練だったことは明白である。

アルトに彼女を預けてから、おおよそ四時間あまり。

半日にも満たない時間であるにもかかわらず、彼女が別人であるかのように感じる。

——短期間で彼女の素質を見抜き、ここまで育てたと言うのか……アルト君は末恐ろしいな。

「立ち話もなんだね。そこに座っていてくれるかな？　僕はお茶をいれてくるよ」

「いっ、いえ！　お茶でしたら私が——」

「いやいや、ソファーでくつろいでいて」

強くなったご褒美にクッキーの缶も添えて、彼女の前にアップルティーのセットを並べていく。

自分の前にも同じものを置いて、ルドルフはゆったりとしたソファーに腰を落ち着けた。

「そのクッキーはキミのものだ。魔法が使えるようになったご褒美だよ」

「……え？　あの、えっと……」

「それとも、魔法を使えるようになったのは僕の勘違いだったかな？」

「いっ、いえ！　アルト様のおかげで、魔法が使えるようになりました……えっと、どうして分かったのですか？」

「みんなの成長を見てきた経験、かな。好きなだけ食べていいからね」

そう言ってはみたがリリは手をつけない。一人では食べずに、アルトのために持ち帰るらしい。

「私の頑張りで使えるようになったわけではないですから」

そう言ってクッキーの缶を丁寧に抱える彼女の口元が、ずいぶんと緩んでいた。

幸せを共有したい。彼にも褒めてもらいたい。そんな心境なのだろう。

「どんな訓練をしたのか聞いてもいいかな？　口止めはされているかい？」

「いっ、いえ、大丈夫です！　えっと、すごいなー、って思うことが多くて。何をしてもらったのか、理解できている自信はないんですが――」

そう切り出したリリの話によると、どうやらアルトは〝鑑定魔法〟で彼女の得意分野を見極めてから、その分野の訓練をしたらしい。

訓練自体は、本の知識通りにやっただけ。

「魔法を鑑定して、適切な使用法と使用回数を見抜いた。そうだね？」

「はっ、はい。たぶん、ですが……」

「魔法の効果も教わり、一時間に一回だけ使うように指導してもらったと」

「はい。そんな感じだったと思います」

人物だけでなく、魔法まで鑑定できる。もはや常識がどうとかいう次元の話ではないだろう。

得た知識を適切に見極めるだけでなく、必要最小限の訓練を施す能力もあるらしい。

そして何よりも恐ろしいのが、この短時間で彼女の信頼を勝ち取ったことだ。

「アルト様は本当にすごい人だな、って思うんです。私のことを真っ直ぐ見てくれて、なんというか、信頼できる人だなって」

「なるほどね。彼の直属の部下になりたい。そう思うかな？」

「えっと、あの、私なんかで本当にいいのであれば……」

あと数日もすれば、リリは彼に心酔するのではないか。そんな不安さえ感じてしまう。

年上に憧れやすい年齢ではあるが、どう考えてもそれだけではないだろう。

「あんなにすごいことができるのに謙虚《けんきょ》で。それがすごいなって」

彼が帝国に来てくれてよかった。敵対せずに済んでよかった。ルドルフは心の底からそう思った。

「リリ訓練候補生を正式に、アルト幹部候補生の部下としようと思う。異論はないね？」

「え？　あっ、えっと……はい！　ありがとうございます！」

「うん。今後もがんばってね。それと、これを」

ルドルフはそう言って、机の上に金色のカギと、袋に入ったお金を並べていく。

「あの、これは？」

「アルト幹部候補生が住む部屋のカギだよ。ベッドは四つあって、身の回りの世話や、警護をする者も住めるようになっている。意味は分かるね？」

「……!!　四人部屋が与えられるのは、軍の正式な幹部だけ。一緒に住めるのは、幹部の信頼が厚い、優秀な人物だけです……」

「うん、その通り。どうするかはキミに任せるよ。僕個人としては、キミが自分の心に正直になって、後悔しない選択をしてくれることを願っているけどね」

四人部屋のカギを管理し、部下として側に居続ける。

周囲からは、リリこそがアルト幹部候補生から一番信頼されている人物に見えるだろう。

今後も出世を続けるであろう、彼の。

「おそらくだが、彼は自分の〝鑑定魔法〟の特異性に気付いていない。そうは思わなかったかな？」

「……はい。なんとなくですが、そんな気はしました」

自分は普通の人間で、特殊なことなんて何もできない。

アルトへの質問に対する受け答えの端々《はしばし》には、そんな気配があった。

「まずは彼に特異性を自覚してもらう方がいい。現状のままでは、今後の対策もできないからね」

「対策、ですか？」

「彼の能力を隠し通すのか、積極的に公表するのか」

平穏を望むのなら前者。早い出世を望むなら後者。

「どちらにしても、彼の意見が必要になるからね。君から彼に話してはもらえないかな？」

「私が、ですか!?」

「そう、君がだね。詳しくは話せないんだけど、どうも彼は檻《おり》の中に何年も閉じ込められるような生活をしていたらしいんだ」

思わず、と言った様子でリリが壁の向こうを振り返る。

大きなソファーがガタリと大きな音を立てたが、それも仕方がない。

「彼が一般常識に疎《うと》いのも、そのためだよ。キミには、彼を支えるような存在になってほしいんだ。もちろん、キミの感情が最優先だけどね」

「私、なんかが……」

「キミは彼に選ばれた。それだけは紛れもない事実だよ。覚えておくといい」

「……分かりました。ありがとうございます」

リリは深々と頭を下げ、手に取った金色のカギを両手でギュッと抱きしめた。

☆★☆★☆

リリがルドルフ少佐への報告から帰ってきて、二時間。

「アルト様、お部屋でその本の続きを読まれるのですか？」

「え？　あっ、うん。続きが気になっちゃってさ」

俺はリリの後ろに続く形で、与えられた部屋へと向かっていた。

『支援魔法と筋肉の歴史（2480エン）』

これが予想よりもはるかに濃い内容で、思わず借りてきてしまった。

こんなタイトルなのに、内容が『貧乏な女性が、支援魔法で婚約者をムキムキにして成り上がる物語です』だなんて、誰が想像できるだろうか。しかも、その一族の歴史はノンフィクション！

百三十ページほどを読み進めた今は、初代主人公の意志を継いだ九歳の子が、幼なじみを自分好みのマッチョに育てている最中だ。

ちなみに初代主人公はボディビルダー系の胸筋が、二代目主人公はムキムキの太股《ふともも》で膝枕をされるのが好みなんだとか。

全十八巻。本の厚みから考えて、二十五代目くらいまで続くと思う。

もうね、先の展開が読めなさすぎて、やばい。

いや、まぁ、今はそんな本の内容なんかよりもリリの待遇の方が問題なんだけどさ。

「もう一度聞きたいんだけど。本当に俺の部下になってよかったのか？」

「もちろんです！　なんでもお申し付けください！」

先を歩くリリが、嬉しそうな笑顔と共に振り向いてくれる。それはいいんだけど、展開が早すぎて理解が追い付かない。

まず、ルドルフ少佐への報告は、少佐からの要望でリリが一人で行くことになった。

そして報告から帰ってきたリリと一緒に、優秀なグループに交ざってカツカレーを食べていたところ、『リリ訓練候補生は今日の結果を受けて訓練生に昇級。リリ訓練生をアルト幹部候補生の正式な部下とします』と少佐が突然宣言をした。

そして、リリが俺の身の回りの世話もしてくれることになったらしい。

まぁ、それに関してはありがたかったから別にいいんだけど……

「本当に、一緒の部屋に住むのか？　俺と？」

「はっ、はい！　部下ですから！　……ダメ、ですか？」

「いっ、いや。ダメじゃないよ。ダメじゃないんだけど……」

身の回りの世話までしてもらうなんて、まるで貴族にでもなったような待遇だからな。

落ち着かないというか、なんというか。

「えー……あー……これから、よろしく？」

「はい！　精一杯、頑張ります！」

リリは元気いっぱいにそう言った。

最初はさすがに断ろうとしたのだが、上目遣いで泣きそうな雰囲気を醸《かも》し出してきたのでこちらが折れた。正直、あの技は反則だと思う。

長い廊下を進んでいると、リリが小さなドアの前で足を止めた。

「開けますね？」

「あ、うん。よろしく」

「はい！　失礼します！」

勢いよく開かれたドアの向こうに見えたのは、白いキレイな部屋だった。

中央に大きな机があって、壁際にベッドが四つ。手前には、コンロや冷蔵庫の姿もある。

近くにあったドアを開けてみると……

「ここは、風呂か？」

「そうみたいですね。アルト様、こっちにはトイレもありますよ！」

「本当だ……」

すごい部屋を貸してもらえた。

下手したら、この部屋の中だけで生活の全てが完結しそうだ。

鑑定待ちの物品に埋もれて倉庫で寝ていた頃とは天地の差だ。

「ベッドもふかふかです！　あっ、すみません。お着替えのお手伝いをします！」

「え？　あっ、うん……」

着慣れない高級な上着をリリの細い手に取られて、ハンガーに吊《つ》るされる。

「お風呂を沸かしてきますね。アルト様は本の続きをお読みになっていてください」

「あっ、はい……」

気が付くと、机の上に紅茶とクッキーが置いてあった。本を読むためのスペースが整えられている。

「おっふろ♪　おっふろ♪　おっふろのじゅんびー♪」

リリが風呂場に行ったあと、そんな可愛らしい鼻歌が聞こえてくる。たぶんだけど、聞こえてないと思っているんだろうな。

そう考えていると、リリが小さく顔だけを覗かせてきた。

「アルト様ー、お湯に浮かべるものは、柑橘《かんきつ》系と薬草系とどちらがいいですかー？」

「え？　えーっと……柑橘系？」

「分かりましたー！」

リリは上機嫌にお風呂場へと引っ込んでいく。

「素敵な香りでリラックスー♪」

そしてまた可愛い歌声が……というか、風呂に柑橘系を浮かべる？

「やばいな。マジで貴族にでもなった気分だ……」

元上司やその他の貴族様と同じ立場になりたいかって聞かれるとあれだけど……こんな環境に置かれて幸せなのは間違いないな。

「リリには、絶対に辛い思いはさせないようにしよう！」

そう強く心に誓って、紅茶に手を伸ばす。

あー、いい香りがするな。クッキーもうまい。リリと一緒に飲めばよかった……

そう思いながらしばらく本を読んでいると、リリの声が。

「読書中に失礼します！　お風呂の準備が整いました！」

「ん？　あっ、そうなんだ。すぐに入るよ」

譲ろうかと思ったが、俺が先に入らないとダメって言いそうな雰囲気だったので、大人しく一番湯をいただくことにした。

服を脱ぎ、掛け湯もそこそこに湯船へ入る。

あー……これはやばい。肩まで浸かれるほど広いお風呂にゆっくり入れるなんて、最高以外に言葉が見つからない。

風呂から上がって体を拭き、肌着を着けて元着た服に手を伸ばしたらリリに止められた。

「ルドルフ少佐にパジャマをいくつかいただきました。お気に召すものはありますか？」

「パジャマ……？」

ただの鑑定士でしかない俺が、寝るためだけの服なんて着ていいのか？

「えーっと、うん。じゃあ、その青いヤツで」

「分かりました。それでは、腕を少しだけ上げてもらってもいいですか？」

え？　何？　パジャマも着せてくれんの!?

「アルト様？」

「……いえ、なんでもないです。はい」

もうなんか、至れり尽くせりでやばい！

そのままベッドまで案内される。

「電気を消しますね？　おやすみなさい、アルト様」

「ああ、うん。おやすみ」

俺、リリがいないと生きられない体になるんじゃないか!?

そんな危機感を抱いたが、柔らかなベッドの誘惑に勝てそうもなかった。

☆★☆★☆

リリが正式な部下になった翌朝。

「アルト様！　お湯をお持ちしました！」

「あ、うん。ありがとう」

ふかふかのベッドで目を覚ました俺は、早々に現状を受け入れることに決めた。

お風呂に浸かって、スッキリとした朝を迎えるなんて。幸せすぎてやばい。

「どう考えても、橋の下の生活には戻れないな……」

ここが天国なら、あっちは地獄。

鑑定品の山に囲まれる生活も雨風はしのげたが、橋の下よりも地獄だったからな。

「アルト様？」

「あっ、いや。なんでもないよ」

たとえこれが一時の幸せだとしても、もはや母国を捨ててグラウス帝国に来たことに悔いはない！　本気でそう思う。

続いて朝食の時間。ここで急にリリの元気がなくなった。

「えっと、あの、ごめんなさい。柔らかいお布団で眠るのは今日が初めてで、ぐっすり寝ちゃって簡単なものしか作れなくて……」

「なんだ、そんなこと全然気にしなくていいよ」

リリはそう言ったが、食卓に並べられた朝食のメニューは豊富で、どれも凝《こ》っていた。彼女に感謝し、ありがたくいただく。

「朝食を食べ終えたら、早速、魔法の訓練を始めようか」

「……はい！　一生懸命、頑張ります！」

笑顔のリリに癒されながら、朝食を味わっていく。

食材がいいのか、リリの腕がいいのか、今まで食べていたものがまずかっただけなのか。

とにかく、今日の食事がこれまで食べてきた中で最も美味《おい》しい。

「落ちこぼれの私に、こんな幸せが……」

対面に座るリリの口から、そんな言葉が漏れ聞こえたのだった。

朝食を終えて、ベッドの縁《ふち》に腰掛ける。

「よっ、よろしくお願いします！」

両手をギュッと握りしめるリリと向かい合う。膝と膝がぶつかりそうな距離だ。

俺は腕を伸ばして、彼女の膝に軽く手を添えた。

「それじゃあ、昨日覚えたアップ系の魔法を二個同時に使ってみてもらえるかな？」

「え？　同時に、ですか？　分かりました！　頑張ってみます！」

リリはコクリと頷き、前屈《まえかが》みになって祈るように両手を握る。

何かを探るようにモゾモゾと体を動かし、大きく息を吸い込んだ。

「〈パワーアップ〉と〈スピードアップ〉を起動します」

【状　態】魔力量：4／42
【能力値】物理：5（F）『＋3』　素早さ：5（F）『＋3』

能力値に『＋3』が付与されている。どうやら、無事に成功したらしい。

「はぁ、はぁ、はぁ……どう、ですか……？」

「ちょっと待ってね」

本当に優秀な子だよな、と思いながら、魔力をどう消費したかに意識を向ける。

【状　態】魔力量：39／39　↓　4／42

魔力の最大値が増えている。

魔法の方はどうかな？　と思い、続けて鑑定してみた。

【魔法名】〈スピードアップ〉
【レベル】2／2
【効　果】素早さの能力値を＋6%　or　＋3（素質補正）
【魔法名】〈パワーアップ〉
【レベル】2／2
【効　果】物理の能力値を＋6%　or　＋3（素質補正）

魔法のレベルも上がっている。ちょっと優秀すぎやしないか？

だが〈スピードアップ〉も〈パワーアップ〉も、鑑定で見た限り上限レベルは2なんだよな……

そのことをリリに説明してみた。

「強くなれる限界、ですか？」

「そう。現状のまま訓練を続けても、これ以上は強くはなれないみたいなんだ」

2／2ってことは、そこが上限いっぱい。どれだけ使い込んでも、それ以上は上がらなくなる。

魔法も昔からいろいろと鑑定してきたが、前の数字が後ろの数字を上回っている人はいなかった。

だけど、そこがリリの限界ってことはないとも思う。

——素質Sランク。

彼女には支援魔法の才能がないと言ったら、世の中の誰に才能があるんだって話になる。

そもそも素質Fでも、その道で高い評価を得ている人物を見たことがあるしな。

「上限の突破……試してみるか？」

「え？」

「ちょっと危険なんだけどさ」

選択肢としては、このまま使える魔法の種類を増やす道もある。だけど、種類を増やしても模擬戦には勝てない。

先日鑑定しておいた限りだと、対戦相手のマルリアさんの素早さは15。

最低でも〈スピードアップ〉の効果が＋10程度になるまでは成長してもらわないと、同じ土俵《どひょう》に立てないからな。

「突破って、意図的にできるんですか？」

「確証はないんだけどね。それらしいことが、この本に書いてあった」

「え？　筋肉の歴史……？」

そう、支援魔法と筋肉の歴史（２４８０エン）にな。

それは三代目の主人公の彼が筋肉の成長の限界を迎えた時のこと。

彼女は大好きな彼の上腕二頭筋が膨らまなくなったことに嘆き悲しみ、あれこれと試して、最終的にはその限界を超えてみせた。

――その方法が、魔物の討伐。

強い魔物を倒せば倒すほど、どういうわけか愛《いと》しの彼の筋肉は増えていったそうだ。

「この辺に、魔物がいるような場所って、あったりするのかな？」

「魔物ですか？　えっと、軍が管理している森に棲息《せいそく》していますね」

森か……

「そこには俺たちが行ってもいいの？」

「えーっと、ルドルフ少佐に認められた優秀な人だけ入れる、ってことになってます。許可をもらって狩りのお手伝いに行った友達が、お金ももらえたって喜んでました」

「……なるほどね」

友達ってことは、子供でも優秀なら行けるわけか。

正直な話リリと俺だけじゃ不安だが、聞いてみるのもありかもな。

ってことで、ルドルフ少佐のところに許可をもらいに行ってみると……

「構わないよ。荷物持ちが必要なら、冒険者の同行も許可する。面白い結果が期待できそうだからね」

という感じで、あっさりと許可が出てしまった。

「さすがはアルト様、信頼されてますね！」

「……そうなのかな？」

少佐の獰猛な笑みを見ていると、試されている気しかしないんだけど？

いや、まぁ、就職試験中だから間違いなく試されているんだけどさ。

「まぁいいか。それじゃ、武器と冒険者を探しに行こうか」

「はい！　お供させていただきます！」

そういうことになった。

2　新たな出会い

「冒険者っていうのは、いろんな人達から依頼を受けて仕事をしている人です」

「いろんな人？」

「はい！　依頼主は住民の皆さんがメインなのですが、中には女王様の依頼もあるみたいですよ？

要するに戦闘を得意とするなんでも屋さんだ、って先生が言ってました」

聞けば、手紙の配達や川の掃除、果ては暴れ回るドラゴンの退治まで。

依頼を出して誰かが引き受けてさえくれれば、本当になんでもしてくれるらしい。

「あっ、ここですね」

そうして連れてこられたのは、南門の近くにあった五階建の大きな建物。

開いたドアの向こうには、溢れんばかりの人々が行き交っていた。

「こういうのは部下の仕事ですから、私に任せてください！」

張り切った様子のリリが、受付らしき場所に向かっていったので付いていく。

「いらっしゃいませ。ご依頼ですか？」

「はい！　荷物持ちの依頼をしに来ました。行き先は軍部の森です」

「軍部、ですか？」

チラリと俺の方を向いた女性が、ハッと目を開く。

たぶん、幹部候補であることを示す俺の服に気付いたのだろう。

まぁリリも制服を着ているけど、訓練生のものだし一人だけじゃ軍の関係者に見えないだろうしな。

「失礼しました。どの辺りまで潜《もぐ》るご予定ですか？」

「え？　えっと……」

そういえば、魔物が出る場所に行くってこと以外決めてなかった。少し考え、返答する。

「彼女が倒せそうな魔物を倒すだけの予定だから、そんなに奥には行かないな」

「それでは、入口付近だけと考えてよろしいでしょうか？」

「ああ。それで頼むよ」

軍人らしい口調ってこんな感じか？　なんて思いながら、リリの髪を片手で優しく撫《な》でる。

受付の女性はリリに微笑《ほほえ》みかけたあと、見渡すように視線を周囲に向けながら言った。

「冒険者のご希望はありますか？」

「希望？　こちらで選べるのか？」

「はい。掲示板に依頼の詳細を貼って待つこともできますが、仕事を待っている冒険者に話を持ちかけた方が、何かと早いものですから」

その言葉に改めて周囲を見ると、暇そうにお茶をすする人の姿が何人も見えた。

テーブルの上には、ケーキやクッキー。そのかたわらには、剣や盾の姿がある。

数人のグループに分かれて座っている感じかな。

「向かって左手に行くほど強い冒険者、右手に行くほど経験の浅い冒険者になりますね」

確かにそうだろうな。鑑定を使うまでもなく、武具の質や纏《まと》う雰囲気がまるで違う。テーブルや椅子には、ＡからＦの文字が書かれたカードが立っている。Ａに近いほど強いようだ。

「荷物持ちだけなら、Ｆランクで十分です。万が一の護衛や案内も兼《か》ねるのであれば、Ｅランクの冒険者がオススメですね」

ランクが上がればその分金もかかるのだろうが、安全な方がいいよな。

金は軍が出すよ、ってルドルフ少佐も言ってくれたし。

「大きなカバンを持つ者は『荷物持ちも頑張ります！』という意思表示なので、ご参考までに」

「そうなんだ。ありがとう」

だとしたら、かたわらにある武器は「俺はこれが得意です」って感じだろうな。

じゃあリュックを持っているのは当然として、森の中なら武器は小回りが利く方がいい。

リリも安心できるよう、女性の方がいいよな。

Eランクの席に座っていて、頼りになりそうな女性は……

ん～……見た目じゃ分からんな。とりあえず、一通り鑑定して――

「っ、アルト様！　ちょっとお耳を！」

リリが袖を引っ張ってきたので、屈むと耳打ちしてきた。

「鑑定の魔法は、できるだけ隠してください」

隠す？　鑑定を？

「理由は二人きりの時に言います。この場はできるだけ穏便《おんびん》にお願いできませんか？」

……意図が理解できないけど、リリがそう言うのなら、従った方がよさそうだ。

俺は小声でリリに確認する。

「それは隠した方がいい、ってことだよな？」

「はい……ダメ、ですか？」

「いや、分かったよ。できるだけ隠してみる」

「ありがとうございます！」

ってことで鑑定はやめて、自分の目だけで……

ん？　Ｆランクの机の近くで人が倒れている。

いや、ちょっとずつだけど動いている？　苦しそうとか、そんな感じには見えないが……

「なんだ、ありゃ？」

「匍匐《ほふく》前進の練習、でしょうか……？」

あー、確かに。言われてみれば、匍匐前進に見えなくもない。

芋虫のマネ、って言われた方がそれらしいけどな。

ショートボブの髪に、白くて細い手足の女性。

背中にはボロボロのリュックがあって、コソコソしているのに目立ちまくっている。

——あっ、目が合った。

（わっ……！　しー！　しー！）

なんか人差し指を唇に当てて慌てていた。本当に、何をしているんだ？

「どうかされましたか？」

「あっ、いや、あそこに——」

受付の女性に話しかけられたので不審者のいる方に目を向けると、彼女は慌てて机の陰に身を隠した。

艶のある髪が机の下からはみ出ているが、受付の女性は気付かなかったらしい。

どうやら知られたくないように見えるし、わざわざ伝えることでもなさそうだな。

「いや、気のせいだったみたいだ。初めて来る場所だから、少し緊張していて」

「……？　いえいえ、初めてのご利用、ありがとうございます」

ちらりと背後を見ると、机の陰から顔を出した芋虫さんが、ほっと胸を撫で下ろしていた。

周囲の冒険者はその女性を見て、ヒソヒソと話し合っている。

「見てあれ」

「あー、またお金ないのかな」

「ほんと、見苦しいわよね。いいのは見た目だけの癖に」

失笑されながら匍匐前進でこちらへ来た彼女が、小さな紙を手渡してきた。

Fランク冒険者・フィオラン

軍部の森に行ったことはないけど、お姉さんだから頑張れるわ！

料理も自信があるの！　報酬は、その日のお昼ご飯だけでもいいから！

指名はフィオランお姉さんに、って言ってくれないかな？

お願い！　人助けだと思って!!


……なるほど。個性的な売り込みだ。

というか、変な行動を取る割に綺麗な字を書くのな……

そう思っていると、彼女はリリにも同じような手紙を渡していた。

「えっと、あの……」

どうしましょう、とでも言いたげな表情でリリが俺の顔を見上げているが、さすがにな。

人助けだと思って!!　って言われても、匍匐前進はぎこちなくて強そうには見えないし。背負《せお》ったリュックは継《つ》ぎ接《は》ぎだらけで、腰にある短剣もボロボロ。

そして何よりも『私はFランクの依頼に失敗しました。反省中です』って書かれたカードを首からぶら下げているし。どう見ても、怪しい。

詳しい状況は分からないけど、彼女に依頼することだけはないと思う。

「……え？　フィオランさん？」

「あ……」

でもって、コソコソしていたのもバレたようだ。

フィオランという女性は受付嬢から視線をそらし、気まずそうに頬をかいていた。

「あははー……気のせい、気のせい。あなたは何も見なかった」

そのままクルリと背を向ける――もちろん、それで誤魔化《ごまか》せるはずもなく。

「お客様。少々失礼してもよろしいでしょうか？」

「あー、はい。どうぞ」

「ありがとうございます」

綺麗なお辞儀《じぎ》を見せた受付嬢が、そそ～っと逃げようとしていた女性の肩に手を載せる。

ギギギギ、と錆《さ》びついたオモチャのように、フィオランお姉さん（自称）が振り向いた。

「フィオランさん。依頼主への売り込みは禁止です。覚えていますよね？　これで八回目ですもんね？　覚えていますよね？」

「……え～っと、違うのよ。あのね、ルベちゃん。これは、売り込みじゃなくて——」

「覚えていますよね？」

「あのね、だから——」

「覚・え・て・い・ま・す・よ・ね？」

「……はい。覚えております」

早くも涙目だった。冒険者のルールは知らないが、常習犯なのだろう。

「でもね、聞いてよルベちゃん。悪いのはお姉さんじゃなくて世の中なの！　世の中が——」

「なるほど。Fランクからも落ちたいというわけですね？　つまりは、冒険者を追放されたいと。なるほどなるほど」

「う!?　やめて！　それだけは！　ほんとに！　ここしか雇ってくれないの!!」

「………………」

「何か言ってーーー!!」

なんかもう、必死さがやばい。

可哀想だな、って思いもほんの少しだけあるけど、他の冒険者たちにとっては風物詩らしく、平然としていた。

「ルベさんのお説教。今日は何時間続くかな？」

「新記録更新するかもね！　記録係の人呼んでこないと！」

「あのお姉さんも懲《こ》りないよね～」

なんとなくだが理解できた。二人は規則破りの常習犯と見捨てられない世話係、って感じか。

受付嬢の仕事も大変だな……

――ってか、ここまで言われるってどんな問題児なんだ？

（なぁ、リリ。鑑定はバレなければいいんだよな？）

（あっ、はい。えっと？　彼女を鑑定するんですか？）

（まぁ、そういうこと。ちょっと興味出ちゃってさ）

怖いもの見たさというか、職業病というか。

鑑定に使う魔力の量は、最小でいいよな。

【名　前】フィオラン（23歳）
【レベル】5
【技　術】短剣：1／5　解体：2／5　荷物持ち：2／5
【素　質】弓術：S

弓術がSだって!?　素質だけなら、リリと同じレベル!?

俺は小声でリリに話しかける。

「……リリ。この女性、将来有望かも」

「本当ですか⁉　いえ、アルト様を疑うわけじゃないんですが……えっと……」

戸惑う気持ちもすごく分かる。どう見ても問題児っぽいし、あくまで素質がSってだけだからな。

「リリの感覚は間違ってないよ。現状は普通に弱いからね」

「でも、アルト様の訓練を受ければ強くなる、ですよね？」

「あー、うん。まぁ、そういうことかな」

俺の訓練じゃなくて、弓の訓練だけど。

「お金がないって言っていたし。適性の鑑定を受けたことがないんじゃないかな」

リリもそうだったけどさ。適性の鑑定って、普通は受けないのか？

「えっと、その点に関してはあとでお話があります。でも、今はフィオランさんですよね？　部下の候補として引き込みますか？」

「ん？　引き込めるのか？　というか、引き込んでもいいのか？」

「大丈夫だと思いますよ。本当に優秀な方ならルドルフ少佐も歓迎するはずです。現状であれば、冒険者ギルドが引き留める理由もないと思います！」

なるほど。ルドルフ少佐って強い奴が好きそうだもんな。

お風呂トイレ付きの最高に幸せな居住環境を維持したいのなら、積極的に動くべきだな！　あの柔らかいベッドを知ったあとじゃ、橋の下で眠るとかできる気がしない！

「すいません。指名は、フィオランお姉さんにお願いしたいんですが」

「「……へ？」」

「「「はぁ!?」」」

その場にいた冒険者の誰もが、信じられないものでも見るような顔で俺たちを見つめていた。

☆★☆★☆

無事に契約を済ませ、冒険者ギルドをあとにしてから数分後。

「ほんとーに、ありがと！　このハンバーグ美味しぃー！」

冒険者ギルドから連れ帰った女性――フィオランが、瞳を潤《うる》ませながら、はふはふとハンバーグを頬張っている。

その隣に座ったリリも、頬に手を当てながら目を輝かせていた。

「私もこんなに美味しいハンバーグは初めてです！」

「そっか。それはよかった。好きなだけ食えよ？」

気前よく言ってはみたものの、『必要経費はこれで落としていいよ』って言葉と共に、ルドルフ少佐にもらった金なんだよな。

でもって飯屋を紹介してくれ、店主と交渉して奥の個室を用意してくれたのは――

「生きていてよかった。美味しいよぉ、ほんとうに、美味しいよぉ……ぐすん……」

――目の前で泣きながらハンバーグを頬張っているフィオランお姉さんだ。

俺に威張《いば》れる要素なんてないけど、一応この中じゃ上司兼雇い主ってことになっているし。それらしくしないとまずいよな。

そんなことを考えながら、俺も一口。

お？　ほんとにうまいな、このハンバーグ。

ドラムド王国にいた頃に食べたものと比べ――いや、やめよう。思い出すだけで、このうまいハンバーグがまずくなる。

「それで？　リリの提案で個室を借りたのはいいんだが、他の人には聞かれたくない話があるってことでいいんだよな？」

そう、食事をするなら個室がいいと言いだしたのはリリだった。

俺の言葉にリリが頷く。

「はい、その通りです。えっと、フィオランさん」

「んん～？　どうかしたの？」

「はい。これからのお話は、軍部の最重要機密です。もし誰かに話せば、文字通り首が飛ぶと思います」

「「え？」」

思わずリリの顔を二度見したけど、どうも本気で言っているように見える。

最重要機密とか、なんの話だ!?　俺、何も聞いてないんだけど!?

え？　それって敵国から来たばかりの俺に聞かせてもいい話なのか!?

——そう思っていると、なぜかリリが俺の方を向いた。

「アルト様、フィオランさんを鑑定してもらえますか？」

「え？　あっ、あぁ。了解」

リリの頼みなら拒否なんかしないけど、なぜここで鑑定を？

軍部の最重要機密って話じゃなかったのか？　いや、まぁ、問題はないんだが……

とりあえず、ボロボロのリュックを盾にして怯《おび》えているフィオランに魔力を流す。

【名　前】フィオラン（23歳）
【レベル】5
【職　業】冒険者：1／15（Fランク）
【状　態】生命力：108／108　魔力量：17／17
【能力値】体力：40（D）魔力：5（F）物理：5（F）魔法：5（F）防御：5（F）
素早さ：5（F）回避：5（F）幸運：2（F）

あ～……なんだ。体力だけでいろいろと乗り切ってきた、って感じの数値だな。

最低ランクらしいけど、一応は現役の冒険者だろ？

ボロボロのリュックを担いで、涙目で逃げ回る姿が目に浮かぶな……

「見えましたか？」

「ん？　あぁ。見えたよ」

可哀想な姿までな。

「でしたら。私の時のように紙に書いて、フィオランさんに渡してあげてほしいんです。そうすれば、おおよそのことは分かると思いますから」

おおよそのこと？　どういう意味だ？

「とりあえず、書いて渡せばいいんだな？」

「はい。お願いします」

まぁ、フィオランを雇った時点でそのつもりだったからな。言われた通りでいいか。

上から順番に、名前、レベル……

「ほれ。書けたぞ」

「ありがとうございます。はい、フィオランさん」

「ぐっ、軍事機密、なのよね？　え～っと、あのね。お姉さんは、やっぱり――」

「無理にとは言いません。でも、幸せになりたくないですか？」

「え……？」

「今のままで。Fランクのままで、本当にいいんですか？」

顔を隠していたリュックが少しだけ下がって、フィオランの大きな瞳がリリを見つめる。

二つ折りにした紙を、リリがリュックの上に載せていた。

「幸せの片道切符です。それを開いたら、不幸で周囲から笑われるだけの自分とはお別れです」

「しあわせ……」

「はい。私は優秀な人の部下になって、美味しいものをお腹いっぱい食べられました」

ピクリとフィオランの肩が揺れ、リュックが胸の前にまで落ちていく。

彼女の視線が、ハンバーグが載っていた鉄板と俺の顔を交互に見ていた。

「美味しいもの、しあわせ、軍事機密……」

ギュッと目を閉じたフィオランが、ぷるぷると震える指で二つ折りの紙に触れる。

恐る恐る片目だけを開いて、両目を開けて、コテリと首を傾げた。

「何、これ……？　私の名前と、年齢があって……？　レベル？　素質？」

鑑定の結果がよく理解できないらしい。

王国と帝国じゃ、書き方が違うのか？

それならば説明でもしようかと身を乗り出すと――

「ごめんなさい、アルト様。少しだけ時間をもらえますか？」

「え？　あ、うん。それはいいんだが……」

なぜかリリに止められた。

そして引っ込んだ俺の代わりに、リリが身を乗り出す。

「体力などは、フィオランさんの現在の能力が。素質はこれから鍛えるべき能力が書かれているみたいです」

「……え？　え？　え？」

「落ち着いて聞いてくださいね。アルト様は、人の鑑定ができるようなんです」

……ん？

「ひとの、かんてい……？　フィオランかっこにじゅうさん……わたしの鑑定!?」

ぐわっ！　とフィオランが目を見開いて、俺の顔を見上げてくる。

そしてなぜか、口をパクパクさせていた。

「アルト様が人物を鑑定できることは、私たち以外に上層部の方しか知りません。状況は分かりますか？」

「ひゃっ、ひゃい！」

コクコクコクコク、とフィオランがすごい勢いで首を縦に振る。

リリを見返す目に、うっすらと涙が溜まっていた。

え……何この反応？

「いまひとつ、状況が読めないんだが。この鑑定の結果が軍事機密だって言っているように聞こえるぞ？」

「はい。その通りです。正確には、アルト様の鑑定そのものが軍事機密なんですよ」

……ん？

「やはり、気付いてなかったんですね。えっと、この街にもたくさんの鑑定士さんはいますが、誰も人の鑑定はできません」

「え……？　いやでも――」

「普通の鑑定士さんができるのは、物品の鑑定だけです。生き物はできません。鑑定の結果も値段と名前、SからFに分類される希少度を見ることだけですね」

物品、だけ？　結果も、値段とランクだけ？　……マジで？

いや、こんなことでリリが嘘をつく必要もないとは思うんだが……

「前の職場の上司に『人間の鑑定なんてクソの役にも立たんことをしてる暇があるなら、ノルマをこなせ！　真面目に仕事をしろ！』『誰にでもできることだ！　自慢すると恥をかくぞ！　分かったか!!』って言われたぞ!?」

「ん～……えっと、その上司さんを鑑定したんですか？　その内容は覚えていますか？」

「あぁ。無理やり鑑定させられて、メモを奪われたって感じだけどな。内容は、どれもパッとしなかった記憶だけはあるかな」

「なるほど、なるほど」

リリがふむふむと顎に手を当てる。

「現状の評価は低くて、将来性もない。〝そんな結果を世間に公表されたら困る〟と思ったのか、単に〝バカにされた〟と怒ったのか……その辺りだと思います」

「うんうん。状況は分かんないけど、お姉さんもそー思うよ？」

……えー、っと？　つまり？

「人間の素質や能力を見れるのは、かなり特殊ってことか？」

「はい。かなり特殊というよりは、アルト様だけの異能力ですね」

「うんうん。冒険者ギルドってね、持ち込んだものを鑑定するための人がそれなりにいるの。でも、そんなことできる人がいるなんて、聞いたこともないよ？」

……まじで……？　イヤでも……え？

「分かっていただけましたか？」

「あー、うん。まぁ、なんとなく？」

今思えばルドルフ少佐もリリも、俺が鑑定する度に不自然な反応をしていた。

普通できないことをやっていたのなら、確かにあんな反応になる気もするが……

「ひとまずフィオランさんの件はあと回しにするとして。アルト様の件をまとめてしまいますね」

リリがそう言って、背筋を伸ばす。

表情を引き締め、俺の方に向き直った。

「アルト様は、自分の特異性を公表しようと思いますか？」

「ん？　人を鑑定できますよー、って言って回るってことか？」

「はい、その通りです。もし仮に公表すれば、すぐにでもルドルフ少佐と同じくらいの地位には上がれると思います」

「ルドルフ少佐と!?」

それって、軍の中でもそれなりの地位だよな!?

分類だけて見たら下の方だけど、そもそもの人数比が違いすぎるってこの間分かったからな。

割合で言えば、普通に上の方だろ？

みんなに慕《した》われていたし、どう見てもいい生活をしていたし。

すぐにあの地位になれんの!?　マジで!?

「ですが、多くの敵を作る可能性が高いです」

「敵？」

「はい。言うなれば、その元上司さんのような人が、敵になります」

「お姉さんもそう思うよ。リリちゃんみたいに素質があるって言われた人は味方に。ない人は大抵敵になるんじゃないかな？」

……それは、まぁ、確かに。少なくとも、鑑定で評価されなかった人は、いい気はしないだろう。

それこそ、元上司のようにブチ切れるかもな。

「けどさ。素質が最低でも、努力次第でその道を極められるぞ？　俺の鑑定が正しいとも限らないし」

「そうなの？　でも、その話を信じてくれる人って少ないんじゃないかな。素質がなくても努力次第でー、なんて、上辺だけの優しい言葉にしか聞こえないとお姉さんは思うな」

「それは……」

確かにそうかも。鑑定結果は俺にしか見えないし。自分が求めているものと違う結果が出れば、文句も言いたくなるか……

「さっきの建物……冒険者ギルドだっけ？　あそこで声を潜《ひそ》めたのは、そのためだな？」

「はい。軍の中ならルドルフ少佐の口止めも利きますが、外部で広まったら止められないので。隠すか広めるかは、アルト様が決めるべきだと思いました」

「なるほどね」

リリが止めてくれて本当によかった。

知らずに公表なんてしていたら、鑑定待ちの人々が長蛇の列になると思うし。罵声を浴びながら鑑定に追われる日々を送るに違いない。

それって、王国にいた頃と同じ生活じゃねぇか!!

「教えてくれて本当にありがとう。公表はしない。できるだけ隠す。それでいいかな？」

「はい！　アルト様なら、公表しなくても十分に評価されると思いますから！　私もできる限りのお手伝いをさせていただきますね」

「あぁ、よろしくな」

「はい！」

リリは本当に命の恩人だな！　あんな生活はもう二度としたくない！

「あっ、それとなんですが。一般の鑑定士さんは本棚を一気に鑑定する、なんてことはできません。普通は、一個鑑定するのに十分はかかります」

「……え？　まじで？」

「ん～、お姉さんが知ってる常識とはちょっと違うかな。リリちゃんが知ってるのって、軍に入れたエリートさんでしょ？　お姉さんの知り合いなら一個三十分でも、早いほうかな？」

いや、それじゃあ、一日百個も鑑定できないよな⁉　さすがに嘘だろ⁉

俺は二人の顔を交互に見たが、彼女たちの目はどこまでも真剣だった。

☆★☆★☆

「フィオランさん、この眼鏡可愛くないですか？」

「わっ！　すっごく可愛い‼　……どう？　お姉さんっぽいかな？」

「はい！　すっごく美人さんです！」

「ありがと〜！　リリちゃんも可愛いいよ〜！」

両手を大きく広げたフィオランが、リリを抱きしめて笑っている。どうやら、ようやく決まったらしい。

ハンバーグを食べ終えたあとで、フィオランに「弓を使ってみないか？」と言った結果。

「お姉さんに弓の才能はないと思うよ？　だって、遠くがぼやけて見えるもん。リリちゃんと違ってお姉さんは胸が薄いから、弓は持ちやすいかもだけどね……あははー……」

と沈んだ顔をしていたので、フィオランを引き連れて眼鏡屋へやってきた。

かれこれ一時間くらい待ち続けたが、やっと決まったらしい。

まぁ、女性が複数人いたら決まるものも決まらないというか、長くなるのが世の常らしいからな。

クソ上司がそんなことを言っていたのを覚えている。一時間で決まったのはむしろよかったと思うべきなんだろう。

「どうどう？　可愛い？　お姉さんっぽい？」

眼鏡をかけたフィオランがぐいっと顔を寄せてきた。

「あぁ、うん。お姉さんっぽいぞ」

「ふへへ～。これでアルトくんもお姉さんにメロメロね！　惚れちゃってもいいよ！」

にゅふふと締まりのない顔で笑っていなければ、本当にお姉さんっぽい雰囲気なんだがな。

フレームの少ないシルバーの眼鏡にしたようで、綺麗な顔立ちと相まって非常に似合っていた。

ショートボブの髪に知的な眼鏡、落ち着いた容姿。

「これで、言動が残念じゃなきゃな」

「んん～？　何か言ったー？」

「いや、本当にお姉さんっぽくて、頼りになりそうだな、って」

「でしょ、でしょ！　お姉さんに足りなかったのは、眼鏡だったのよ！」

あまりにも可哀想だから、そういうことにしておいてあげようと思う。

眼鏡が似合っているのは間違いないし。

というか、なんで彼女はお姉さんらしいことにこだわるのだろうか……いや、考えるだけ無駄か。

「リリ、残金は？」

「大丈夫です！　まだ武器の代金は残ってます！」

逆に言うと、武器の代金くらいしか残ってないのな。

眼鏡って高いらしいし、仕方ないか。

「えーっとね、あのね。眼鏡のお金は、あの、分割でー。えーっと、ゆっくり返済をー……」

「いや、代金は――」

支払う必要がない、と言おうとしたらリリが割り込んできた。

「フィオランさん！　今だけの特別キャンペーンです！　アルト様の部下になれば、その眼鏡が……なんとタダ！」

「え？　……タダ!?」

ん……？　キャンペーンも何も、元はルドルフ少佐の金で必要経費だから返す必要はないんだが。

そんなことを思う俺をよそに、リリは笑顔で次の目的地である武器屋を指差した。

「三十分以内に決断していただけたら、武器も無料でプレゼント！　どうですか？　弓も欲しいですよね!?」

「え？　え？　え？　くれるの？　無料で!?」

「はい！　フィオランさんは、アルト様に認められましたから！　それに、私一人じゃ心細くて」

そこで言葉を切ったリリが、フィオランの手をギュッと握る。

「私、フィオランさんみたいなお姉ちゃんが、ずっと欲しかったんです！　アルト様の部下を私と一緒にやってくれませんか？　フィオランお姉ちゃん」

上目遣いで、弱々しさを演出する声。

あざとい！　実にあざとい!!

――けど、まぁ、演技二割、本音八割って感じかな。

「ダメ、ですか……？」

「ううん、ダメじゃない！　全然、ダメじゃないよ！　二人でアルトくんを支えよう!!」

「はい！　ありがとうございます！　とっても嬉しいです!!」

「お姉さんも嬉しいよ～！」

フィオランはリリをギュッ～、と抱きしめた。

☆★☆★☆

これはあとから聞いたことだが。

この時、リリはこんなことを思っていたらしい。

――私がダメでも、フィオランさんが評価されたらアルト様の評価になる。

――これで、いいんだよね？

☆★☆★☆

「おい、見ろよあれ。雑魚の新人様が、新しい女を連れ帰ったみたいだぜ？」

「うわぁ～。ロリ巨乳の次は、眼鏡っ子のお姉さん系とか、ひくわぁ～、マジひくわぁ～」

「てか、あれって冒険者をクビになったフィオランじゃねぇの？」

「女を拾ってくるにしてもセンスなさすぎだろ。あれか？　落ちこぼれしか捕まえられねぇのか？」

「あ～、なるほどな。幹部候補生の服を着ていても、手羽先男だもんな」

くふふ、ぷははは。なんて笑い続ける門番達の前を通って、軍の訓練校へと入っていく。

一応握り拳を胸に当てて敬礼はしてくれたけど、本当に形だけって感じだな。

門番の悪口を聞いたリリとフィオランは、落ち込んだように小声で話しかけてきた。

「あの、えっと、ごめんなさい。私のせいで、アルト様が悪く……」

「お姉さんからも、ごめんね……」

「いやいや、気にしてないよ。というか、数日もすれば、あんなこと言われなくなるさ」

軽く鑑定をしてみたけど、アイツらは強くもなく、弱くもなく、って感じだったからな。

数値だけで見ると、模擬戦の相手であるマルリアさんの方が強いし。

「あの様子なら、模擬戦も見に来るだろ。その時に、リリの強さを見せつけてやればいいさ」

「え？　えーっと……そう、ですね！　分かりました！　頑張ります！」

ギュッと拳を握ったリリは、元気を取り戻したようだった。

「フィオランにも期待しているからな？」

「うん！　お姉さんに任せて！」

リリの支援魔法は見ているだけじゃ理解できない部分もあるが、フィオランは弓だからな。

こっちは練習風景を見ているだけでも、すごさが分かるだろうし。

うんうん！　と言った感じで、フィオランもグッと手を握りしめている。

その手の中には、大きな弓と杖がそれぞれ握られていた。俺の腰にも、買ったばかりの短剣が提《さ》げられている。

結果、残金はほぼゼロ。まぁ、足りてよかったな。

道すがら、リリに今後の動きを確認する。

「まずはフィオランを部下にするための申請書をルドルフ少佐に渡す。それから訓練だよな？」

「はい！　アルト様が選んだ方なので大丈夫だとは思いますが、今はまだ部外者ですし。それに、訓練前を知っていてもらった方が、アルト様の評価にも繋がりますから」

俺の試験は、部下を育てること。実績は多い方がいい。

育つ前に顔見せをしとかなきゃダメだってのも分かるけどさ。

「フィオランもそれでいいか？」

「ん？　お姉さんが弱いのは事実だもん。悪い噂も便利に使って大丈夫！」

「そうか」

弱い、使えない、なんて言われたくないと思うが、本人が納得しているのなら許容範囲か……

「分かったよ。それじゃあ、リリ。ルドルフ少佐に面会の予約を――」

「不要じゃな！」

「「!!」」

慌てて振り向いた先に見えたのは、士官服を着た見るからに偉そうな男の姿。

その背後には、ニヤニヤと笑う門番たちの姿もある。

「貴様らは即刻、儂《わし》の前から立ち去れぃ!!」

「ルッ、ルルベール少佐!?」

呆気《あっけ》に取られていたリリが、慌てて握り拳を胸に当てて頭を下げた。

俺やフィオランも、リリにならって頭を下げる。

――少佐。ルドルフ少佐と同じ階級の人間か。

白髪交じりの顔には大きな切り傷があり、重鎮らしき貫禄《かんろく》もある。

下手に鑑定でもしたら、腰にあるデカい剣で斬り捨てられる気さえするな……

「前線勤務からお戻りになられたのですね。おっ、お帰りなさいませ！」

リリは敬礼の姿勢を崩《くず》さずルルベールとかいう爺さんに挨拶した。

「うむ。そっちのモヤシが、ルドルフのお気に入りじゃな？」

値踏みをするような視線を向けられたが、門番たちとは質が違う。

心の深い部分までを探っているような、そんな目に見える。

「……申し遅れました。アルトと言います」

「ふん。誰もお前の名など聞いとらんわい」

いきなりのことで状況がよく分からないが、目の前にいる爺さんが偉い人なのは間違いない。でもって、俺はずいぶんと嫌われているらしい。

出会い頭《がしら》に、『即刻立ち去れ』と言われたが、意図はなんだ？

そう思っていると、爺さんの視線がリリとフィオランの方を向いた。

「ルドルフが目にかけていると聞いたが、こんなものか。軍は弱者の遊び場ではない!!」

リリの体がビクンと震えて、俺の服の裾《すそ》を掴む。

フィオランにいたっては、俺の背後に隠れていた。

「軍部は強者の場所じゃ！　守られる者が立つ場所ではないと知れ!!」

ビリビリと空気が震えるような怒鳴り声に、リリやフィオランが震え上がる。殺気まで伝わってくるような気さえする。

だが、守られる立場の者、か……

「そうっすよ。もっと言ってやってくださいよ、ルルベール少佐」

「その手羽先野郎、軍を女とイチャイチャする場所だと思ってるんすよ。この前なんて――」

「黙れ小童《こわっぱ》どもが！」

「「!!」」

爺さんが大きく振り向いて剣に手を伸ばした。

俺たちからは背中しか見えないけど、圧力がやばい。

「貴様らもずいぶん腑抜《ふぬ》けたようじゃな！　そのようなことで国民を守れると思うておるのか!!」

俺たちに向けていたものよりも高圧的で、声もデカい。

「他者を貶《おとし》めて己を強く見せるなど、弱者の行い！　恥を知れ!!　儂が直々《じきじき》に鍛え直してやる!!」

……なるほど。話が分からないタイプでもなさそうだな。

強い者が戦う！　弱い者は危険から身を遠ざけろ！

語気が強すぎるものの、間違ったことは言ってないように思う——と言っても、このままこの爺さんに追い出されて無職になるのもちょっとな……

幸いにして聞く耳は持ち合わせているように見える。あがけるだけ、あがいてみるか。

「ルルベール少佐、一つ質問があります」

「……なんじゃ？　言うてみぃ」

「軍部には、将来の強者を育てる者も必要ない。そういうことでしょうか？」

爺さんはにわかに目を見開き、体ごと振り向いた。

その口元がほんの少しだけ緩んだように見える。

「……いや、違うのぉ。教育者は必要じゃ」

「教育者が強い必要は？」

「なかろうて。弟子が師を超えることはざらにある。一流の設計者と作業員は別じゃしの」

笑みが消えて、代わりに猛獣のような視線が向けられていた。

ルドルフ少佐や、俺をこの国に導いてくれたベラルト少佐を思い出すな。

この国には猛獣のような笑みができないと少佐になれない、みたいな仕組みでもあるのか？

いや、たまたまなんだろうけど、どうもな……

「つまりはなんじゃ？　自分は一流の教育者だと言いたいわけか？」

「いえいえ、そうは言っておりません。ですが――」

そこで一度言葉を切り、リリとフィオランに視線を向ける。

「――彼女たちの将来性を見る目だけは、あるつもりです」

少佐たちを見習って、ニヤリと笑ってみせた。

内心ドキドキだけど、こっちの思惑に乗ってこないことはないと思う。真っ直ぐな性格の爺さんに見えるし、何より部下の前だからな。逃げることはできないはずだ。

「ほほぉ、儂より見る目があると？」

「いえ、そういうわけではないですよ。ですが、そこの門番の三人より、この二人の方が将来性があるのは確かですね」

「……なるほどのぉ。そう来るわけか」

儂が直々に鍛え直してやる！　って堂々と言っていたからな。

お前はこの二人よりも門番三人の才能を買った、って言われても反論はできないはずだ。

「こやつらとそこの小童らとを模擬戦させたいのじゃな？　よかろう、乗ってやる。して、いつじゃ？　おぬしらは、次の試験までのお試しだと聞いておるが？」

「そうですね。入学試験の前日。いえ、一日は体力の回復にあてたいので二日前でどうでしょう？」

「ふむ、一ヶ月もない時間で二人を育ててみせると？」

「ええ。そこの三人が相手なら可能ですね」

散々煽《あお》られたし、このくらいの煽りは許容範囲だろう。

門番たちは殺意を含んだ視線を向けてくるが、ルルベール少佐が怖くて煽り返せないようだ。

「ですが、一つだけお願いが」

「なんじゃ？　言うてみぃ」

「はい。リリと知り合ってまだ二日。フィオランにいたっては数時間です。ですので、ルルベール少佐がそちらの三人を鍛え直すのは、しばらく待っていただきたい」

「ほぉ？　儂が口を出すと、勝たせられないと？」

「少なくとも、現段階では。我々は信頼関係の構築から始める必要があります。その分の手心をいただきたく」

俺がそう言うと、爺さんはこっちの真意を見定めるかのように、じっくりと眺めてくる。

そして口元を歪《ゆが》ませて、ニヤリと笑ってみせた。

「おぬしにいたっては、数日前まで、他国の人間じゃったな」

「……ですね」

何気なく口にしているが、いったい誰から聞いたのか……

俺が王国から逃げてきたことを知るのは、ルドルフ少佐と、国越えを手伝ってくれたベラルト少佐だけ。あの老夫婦は、国を渡ったあとの知り合いだ。

だからと言って、ルドルフ少佐が教えたとも思えない……

見た目以上に、食えない爺さんっぽいな。

「あい分かった。しばし儂が口出しするのはやめておく。戦い方もそちらが決めてよいぞ。もともとが三対二じゃしの」

「それでは？」

「うむ。試合の件と……そこにおる娘を部下にすると話しておったな。ついでにその件も、儂が許可しよう。存分に励《はげ》めよ、若造！　おぬしらは儂と酒じゃ！」

「「はっ、はい！」」

「くははは。これは面白くなってきたわい！」

バシバシと門番たちの肩を叩きながら、ルルベール少佐はドアの奥へと消えていく。

ホッと空気が緩んだ瞬間、リリとフィオランが俺の足にしがみつくように崩れ落ちた。

「ごめんなさい、アルト様。私、何もできなくて……」

「お姉さんも役立たずだったよね。お姉さんの方が、お姉さんなのに。ごめんね……」

二人とも普通に泣いているな。リリにいたっては、腰が抜けて立てないらしい。

けどまぁ、仕方ないか。あの爺さん、圧力すごかったもんな。

「――――ん？」

【名　前】リリ（15歳）
【レベル】3
【所持　魔法】〈スピードアップ〉2／3　〈パワーアップ〉2／3

リリのレベルが上がっている？

「アルト様？　どうされましたか？」

「アルトくん？」

「あー……ちょっと待って」

これはあれか？　支援魔法と筋肉の歴史（２４８０エン）の言葉を借りるなら、強敵を追い返したご褒美、ってヤツか？

なんにせよ、二人に隠す必要はないな。

「リリのレベルが上がって、魔法の上限レベルも引き上がった」

「……？　えっと？」

「あの爺さんを追い返したご褒美……みたいだな」

レベルはその人の強さを表す数字だと思っていたけど、上限以外の数値は変わっていなかった。

まぁ、なんにしてもラッキーだった。

「弓の練習のついでに、リリの魔法も練習する。森へ行くのはそのあとでいいか？」

「はい！　私は大丈夫です！」

「お姉さんもそれでオッケー。指導よろしくね」

「あー、弓に関してもらっても本が頼りだから、あんまり期待するなよ？　リリ、弓関係の本がありそうな部屋に案内してもらってもいいかな？」

「任せてください！　えっと、こっちです！」

そうして、リリの時と同じように弓術に関する初級の本を手に入れた。

グラウンドの一角に置かれていた人型の的を背に、フィオランが本を読み進めていく。

「え～っと？　なになに？　弓を撃つ時は両足を平行にして、肩や胸を楽にして……うん！　意味分かんない！　とりあえずやってみるね！」

初心者用の教本から目を離したフィオランが、肩を大きく回して胸を張った。

本を読み始めて二分。どうやら飽きたらしい。

「……いや、分からないのなら本を読むべきじゃないのか？」

「大丈夫でしょ。やってみて、ダメだったら読むから！　というか、アルトくんが読んで、内容をお姉さんに教えてくれないかな？　ダメ？」

勉強が苦手なタイプみたいだ。

お姉さんっぽさに憧れていると思っていたんだが、それでいいのか？　とも思うが、本人が嫌がっているのに無理をさせるのもよくないからな。

「了解。とりあえず撃ってみて」

「はいはーい！　お姉さんに任せなさい♪」

フィオランは練習用の的から離れ、楽しそうに大きな弓を左手に持ち替える。

「確かメルメル先輩が、こんな感じで構えていたよね？　手首をふりゃっ！　ってやって、目をびやっ！　ってして、それから……」

何やらブツブツ言っているけど、意味が分からん。

今まで見てきた先輩冒険者の姿を真似ているようだが、擬音が独特すぎる。

「うん！　こんな感じよね。撃っちゃうから、よろしくー！」

「……了解」

なんか釈然《しゃくぜん》としないけど、いつの間にか堂々とした綺麗な構えができていた。

表情は引き締まっていて、凛とした空気を纏っているように見える。

——さすがは素質Sランク。

そう思っていると、矢をつがえたフィオランが、ふぅー……と大きく息を吐き出した。

眼鏡の奥にある鋭い視線が、大きな的だけを真っ直ぐ見つめている。

「お姉さんに秘められし力を今ここに、解放っ!!」

…………ん？

「かっ、かいほ……！　かいほーっ!!」

弓を引いているが、ピクリとも動いていない。

んんー!!　むうぅー!!　と力んで引っ張り続けているけど、力、足りてないよな？

「ぐぎぎぎ！　動いてよー！　んぐぅー！　……はぁはぁはぁはぁ」

でもって、諦めてしまった。地面にペタンとお尻を付け、肩で大きく息をしている。

目尻には、大粒の涙が溜まっていた。

「アルトくん、お姉さんに弓は無理みたい……ごめんね」

「……いやいや、早いから」

一瞬冗談かと思ったけど、本気で言っているらしい。

秘められし力、解放!!　とか言っていたノリのよさはどこに行ったんだよ……

「Sランクでも訓練しないと強くなれないし、Fランクでも努力次第で一流になれる、って言ったの聞いていたか？」

俺、説明したよな？　「秘められし力」って時点で間違っているぞ？

「……あははー。ご迷惑をおかけします……」

「まぁ、いいんだけどさ」

ノリのいい人は嫌いじゃないし。

まぁ、フィオランは時間が必要そうだな。まずはリリからにするか。

せっかくなら、フィオランの補助をしてもらうのもいいかもな。

「リリ。フィオランに〈パワーアップ〉をかけられるか？」

「え？　フィオランさんに、ですか？　えっと、頑張ってみます！」

「うん。よろしく。ついでに〈スピードアップ〉もかけられそうならかけといて」

「分かりました！」

リリはギュッと手を握り、地面に膝を付けてフィオランと視線を合わせる。

「手をお借りしますね」

そう一言断ってから、祈るように両手で包んだ。

リリの目がゆっくりと閉じて、なぜか、コテリと首が傾く。

「……行き止まり？」

「リリちゃん？」

「あっ、ごめんなさい。ちょっとだけでいいので、そのままで」

「う、うん。それはいいのだけど——」

「んん？　こっちもダメなんですね。だったら、こっちから……」

どうやら苦戦しているらしい。

他者が相手だと、勝手が違うのか？

リリは、むむーと頑張っていたが、苦しそうに悶《もだ》え始めた。

「ごめんなさい、フィオランさん。手に頭をくっ付けちゃってもいいですか？」

「え？　あっ、うん……」

「ありがとうございます！　それじゃあ、失礼します！」

リリはフィオランの手のひらにおでこを押し当て、そこで動きを止めた。

フィオランの方は意味も分からず目を白黒させているが、放置しておいても大丈夫だろう。

「っ!!　見つけました！　〈スピードアップ〉と〈パワーアップ〉を起動します！」

「え……？　リリちゃんの手から温かいものが？　——リリちゃん!?　顔色が悪いけど、大丈夫!?」

「あっ、はい……大丈夫、です……」

「そっ、そうなの？　それなら、いいんだけど……」

どう見ても疲れ切っているし、大丈夫には見えないよな。

それでも最初の頃と比べたら、ずいぶんと落ち着いたけど。

「リリは魔法使いなんだ。将来有望な逸材、ってこと」

「魔法使い⁉　リリちゃんが⁉　え？　私に何かしてくれたってこと⁉」

「えっと、あの。成功してると思うんですが……えっと……」

「体が動かしやすくなっているはずだ。四十分限定だけどな」

【名　前】フィオラン（23歳）
【能力値】物理：5（F）『＋3』素早さ：5（F）『＋3』

成功しているな。『＋3』のままだから、レベルアップはさすがにしなかったか。

「リリちゃん、すごい！　こんなすごい魔法を使えるなんて、優秀じゃない！」

「いっ、いえ。アルト様に教えてもらっただけなので、私は全然、優秀じゃないんです。ずっと落ちこぼれで……」

「え？　魔法が使えるのに？」

「いえ、魔法はアルト様に教えてもらいました。フィオランさんの弓と一緒ですね」

嬉しそうに微笑んだリリの頬が、赤く染まっている。

魔法使いになって、まだ二日。褒められることに慣れていないらしい。

「リリもフィオランもSランクの素質持ちだからな。努力次第で最強になれる」

「最強に？　お姉さんも⁉」

「あぁ。鑑定の結果を信じるのならな。フィオランが強くなるには、弓が最適なんだ」

思えば、リリの時も同じようなやりとりをしたな。

俺も同じ落ちこぼれ同士。自分の才能を信じられない気持ちは痛いほど分かるけどさ。

「とりあえず、リリはいつも通り休憩な」

「分かりました。せっかくなので杖術の本を見てきますね？」

「そうだな。そうしようか」

「はい！」

リリは背負っていた大きな杖に軽く触れ、楽しそうに背を向ける。

「弓の初歩は、矢を使わずに弦《つる》の部分を引っ張る練習がいい。小さな力で引くコツは――」

リリの後押しを受けたフィオランは、初級の本を拾い上げて真剣にページをめくっていた。

☆★☆★☆

「ここね‼」

弓の弦を引いていたフィオランの指が離れて、ビーン、と力強い音がする。

矢をつがえてないから飛ぶものはないが、綺麗な動作に見えた。

「さまになってきたな」

「はい！　フィオランさん、かっこいいです！」

「でしょ、でしょ！　なんかこう、びん、びょん、ばん！　って感じよね！」

リリの支援魔法ありで四十分。それがなくなってからも、一時間近く。

基本動作を確認したあとは、早々に矢をつがえるかと思ったが……

『なんとなくだけど、まだぶにゃんって感じなのよ。お姉さん的にはぶにゅんにしたいなーって』

そう言いながら地味な基礎練習を続けていた。案外、完璧主義なのかもな。

擬音の選択が相変わらずだけど、終始楽しそうなのがフィオランらしい。

「リリの方は？　できそうか？」

「えっと……体を動かすのは、あんまり得意じゃなくて……」

しゅん、とうなだれるリリの手には、大きな杖と本がある。魔法を使った時ほどじゃないけど、ずいぶんと疲れているように見える。

まぁ、なんだ。支援魔法はSでも、杖術はCランクだからな。

【名　前】リリ（15歳）
【技　術】支援魔法：2／3　杖術：1／3

それでも杖術は一応の形にはなったらしい。というか……

「横で見ていた分には、普通にできていたと思うんだが」

「いえ。二十個ある基本の素振りのうちの二つだけを試しただけで。その二つもダメで……」

「ん？　なになに？　杖術って、杖で叩くだけじゃないの？」

フィオランの言葉に、リリは首を横に振った。

「違うみたいです。えっと、大きく分けると、斬る、突く、払う、返す、の四種があるらしくて。私が頑張っていたのは、斬るの分類だけで……」

なるほどね。奥が深いらしい。

「お姉さんは、弓でよかったよ。撃つだけだもん」

ずいぶんな暴論だけど、フィオランの言いたいことも分からなくはない。

鑑定の魔法も、基本的には見るだけだからな。武術は大変そうだ。

「でも、いろいろできる武器ってなんだかワクワクします！」

「そっか。それはよかった」

鑑定でCランクと出ていたが、肌に合ったのならなおのことよかった。

頭がよさそうなリリには、いろいろできる武器の方が合っている気もするしな。

「それじゃ、二人とも。それぞれの的を攻撃してもらえるか？」

「分かりました！」

「任せて～！」

まずはリリからってことで、彼女は束《たば》ねた藁《わら》の正面に立って杖を構える。

一メートルくらいの杖を突き出すように長く持ち替え、右足を大きく前に出して、流れるように振り下ろした。

バシッ！　と痛そうな音を響かせたあと、杖を上段に持ち替え、もう一度叩きつける。

「えっと、こんな感じなのですが……」

「いいんじゃないか？　強そうだぞ？」

「うんうん！　お姉さんもそう思う！」

鑑定結果を見ても、レベル1になっているし。弱い魔物が相手なら普通に戦えると思う。

「リリは問題なし。次、フィオランな」

「はいはーい！　えっと？　矢を撃ったらいいのよね？」

「あぁ。鑑定の結果を見る限りだけど、リリと同じレベルになっているからな。最初の頃みたいにはならないと思うぞ？」

そう、フィオランの弓術レベルは1になっていたのだ。

「そうなんだ。今度こそ、お姉さんの秘められし力を解放!!　ってことね！　任せて!!」

フィオランは指先で眼鏡を押し上げ、ビシッ、とポーズを決めてから離れていく。

「大丈夫。お姉さんならできる。だって、お姉さんなんだから。できる、できる……」

小さく呟くのが聞こえたけど、彼女のためにも聞かなかったことにしよう。

ただまぁ、なんというか、フィオランらしいな。

そう思っていると、俺たちから少しだけ離れた場所で、フィオランが振り向いた。

「ここでいいかなー？」

距離は、最初に試した時の半分くらい。

俺が両手で大きく丸を描くと、フィオランは大きく息を吸い込んだ。

「弓を撃つ時は両足を平行にして、肩や胸を楽にして……」

何度も読み返していた言葉を繰り返しながら、弓を構えて、矢をつがえる。

遠くで見ていても分かるほど大きく、喉がゴクリと動いていた。

「大丈夫。リリちゃんと同じ。アルトくんが見つけてくれた力だもんね……」

大きく息を吸い込んで、止めて。弓弦が、ギリギリと引かれていく。

眼鏡の向こうにあるのは、練習していた時と同じ鋭い眼差《まなざ》し。

大きく引かれていた弓弦が、ビンと矢を押し出した。

矢は真っ直ぐに、見えていても避けられない速度で飛んでいき……

「……あたった。あたった‼」

藁を束ねた大きな的の端。ギリギリだが、それでも確かに刺さっていた。

「すごいです！　一発で命中ですよ！」

「でしょ、でしょ！　だって、アルトくんが見つけてくれた力だもの！」

「はい！　さすがは、アルト様です！」

……いや、どうしてそうなった？　まぁ、別にいいんだけどさ。

「お姉さんはもう少しだけ練習するけど、リリちゃんは？」

「私ももう少しだけ頑張りたいです！　アルト様、いいですか？」

「あー、うん。無理はしないように」

「はいはーい」

「分かりました！」

俺は、支援魔法と筋肉の歴史３（２４８０エン）でも、借りてこようかな。森へ行くのは明日でもいいし。

そう思っていると……

「アルト様ですね？　軍部の森へ出立する前に、ルドルフ少佐がお話があるからと、こちらを」

訓練所に入ってきた男が、そんな言葉と共に手紙を渡して帰っていった。

３　二人を強くするために

「急に呼び出して申し訳なかったね。そこに座ってもらえるかい？」
「では、失礼して……」
相談もせずに、フィオランを連れてきたことに対する苦情だろうか？　と内心ビビっていたが、
どうもそんな雰囲気じゃない。

俺は勧められるままソファーに腰を下ろす。

「紅茶とコーヒーは、どちらがいいかな？」

「それでは、紅茶を」

「僕も紅茶にしようか。アルフレラくんは、紅茶をいれたら退出してもらえるかい？」

「かしこまりました……失礼いたします」

俺とルドルフ少佐の前に紅茶が置かれて、部下らしき女性が部屋を出ていく。

これで、ルドルフ少佐と二人きり。

少佐は俺を見てふわりと微笑み、中央にあったクッキーの皿に視線を向けた。

「子供たちに渡すご褒美の試食も兼ねてるからね。忌憚《きたん》のない意見をもらえると嬉しいよ」

「そういうことでしたら……」

どこまでが本音かは分からないけど、どう見てもうまそうだから、気にはなっていたんだよな。

真ん中にカラフルなジャムが載ったものを指先で摘まんで食べる。

おっ、うまいな。表面はサクサクなのに、中はしっとりなめらか。レーズン系のジャムだろうか？

「美味しいですね」

「それはよかった」

こんなに美味しいご褒美が待っているのなら、子供たちも頑張ろうって思うわな。

それにしても、ご褒美か……俺がこうしている間にも、リリたちは頑張っているんだよな。

「ルドルフ少佐。少々はしたないのですが、こちらのクッキーを少しだけ持ち帰らせていただけないでしょうか？」

「……それはあれかな？　部下のために持ち帰りたい、ってことかい？」

「え？　あっ、はい。その通りなのですが……」

なぜ分かった？　心でも読めるのか⁉

驚きが顔に出ていたのだろう。ルドルフ少佐が、こちらを見てくつくつと笑い声を漏らしていた。

「いや、失礼。師弟揃って同じことを言うのだな、と思っただけで他意はないよ」

師弟？　リリのことか？

「自分一人の力でもらったご褒美じゃないからキミと一緒に食べたい。そう言ってクッキーを持ち帰っていたんだ」

「……そんなことが」

「ずいぶんと慕われているようだね」

「ええ、まぁ。おかげさまで」

「結構なことだ」

どこまでも楽しそうに笑ったあと、少佐は机の下に手を伸ばす。

再び机の上に戻ってきた少佐の手には大きな袋が握られていて、その中にカラフルなジャムを載せたクッキーがあった。

「予測通り、ということですか」

「いや、小さな可能性に備えていただけだよ。これでも軍の作戦を考える立場の人間だからね」

備えあれば憂《うれ》いなし。少佐はそう口にしたあと、優雅に紅茶をすする。

入口で会ったあの爺さん同様、どこまでも見透かされているようで怖いな。

「先ほど、ルルベール少佐とお会いしました。俺のことをずいぶんと詳しく知っていまして……念のために聞くのですが、あの方に俺の話をしましたか？」

「いや、情報の開示はしてないよ。まだ顔を合わせてはいないし。それに、そういう情報は僕が言わなくてもすでに掴んでくる人だからね」

――ですよね。

やっぱりあの爺さんは、独自に俺の出身を調べたのか。

「そうそう。ルルベール少佐からの報告はまだだけど、先回りしてフィオラン君をキミの部下に任命したよ。門を守る上等兵たちとの試合には僕も立ち会うから、よろしく頼む」

そう言って、少佐が一枚の紙を差し出してくる。

そこにあったのは、インクが乾きにくい羊皮紙に書かれた、にじみのない文字。

時間的には、俺たちが訓練校に戻る前に――それこそ、三人でハンバーグを食べていた頃には書き始めないと、インクの乾燥が間に合わないヤツだ。

「……仕事が早すぎませんか？」

でもって、無言の圧力が強すぎませんか？

これってあれだろ？　冒険者ギルドを出た頃にはすでに、フィオランを連れ帰るって情報を掴んでいたんだぜって言うアピールだろ？

じゃなきゃ、羊皮紙なんてそこそこ高級なものをわざわざ使わないと思うし……

「なぜこのようなことを？」

「ルルベール少佐にキミを取られないために、僕の実力を見せようと思ってさ。ついでに、キミの洞察力も見させてもらったよ」

「……なるほど」

人を試すには打ってつけ、ってことか。

「そもそも、ルルベール少佐が俺のことを知っていたのも不思議なのですが。彼はどうやってお知りに？」

「それぞれが張り巡らせた情報網のおかげ、とだけ言っておこうかな」

怖いような、頼もしいような。

まぁ、言葉が通じない元上司とは比べ物にならないほど、いい上司なんだろうけどさ。

「さて、ここからが本題なんだ。軍部の森に行くキミたちに、頼みたいことができてね」

「頼み、ですか？」

「そう。まずはこれを見てもらえるかな」

ルドルフ少佐がすっと懐《ふところ》に手を入れ、何やら青い草を引っ張り出した。

ずいぶん目立つ色をしているが、見覚えはない。

「鑑定してもらってかまわないよ」

「分かりました」

　表面だけを見るように魔力を流して……

【名　前】水の魔法草
【ランク】C
【価　格】２８０エン

「魔法の草、ですか」

「その通りだよ。主に火災現場や日照りの時に使うものなんだ。先日、大規模な山火事が近くで起きてね。消し止めることはできたんだけど、軍部の備えがなくなったんだ」

　だから、森で採ってこい。そういうことか。

「もちろん、適切な価格で買い取らせてもらうよ。今後の備えだから急ぎじゃないし、ノルマもない。もし見かけたらでいいからね」

「え？　……買い取り？」

「そう、買い取らせてもらうよ。状態に左右される部分はあるけど、おそらくは３００エン前後……これは、鑑定士であるキミの方が詳しいかな」

　つまり、鑑定で出た価格で買い取ってくれるってことか!?　本当に!?

「精一杯、頑張らせていただきます！」

「……期待しているよ」

「はい!!」

引き気味のルドルフ少佐に詰め寄り、俺は力強く握手をした。

——けど、仕方ないよね。お金はだいじ！

適正価格での買い取りとか、王国のクソ上司にも見習わせてやりたい！　マジで!!

☆★☆★☆

「それじゃ、リリ。案内よろしくな」

「分かりました！」

杖を背負ったリリの案内で訓練校の裏手から外に出ると、目の前に広大な森が広がっていた。

見張りの兵士や、立ち入り禁止の看板もないが、ここから先が〝軍部の森〟と呼ばれるエリア。

——魔物が出る場所らしい。

「念のためにもう一度確認するぞ？　探索時間は、リリの魔法の効果がなくなるまで。三匹以上の敵が迫っていたり、俺が勝てないと判断したら即座に逃げる。いいな？」

「はい！」

「はいはーい」

〝軍部の森〟は三人ともはじめてだけど、フィオランは荷物待ちとして魔物退治を経験している。

実は俺も、クソ上司の荷物持ち兼雑用係として魔物狩りに参加したことがあるんだよな。

本当の意味での初心者は、リリだけ。そんな彼女が森の奥を見つめて小さく息を吸い込んだ。

「あの、えっと、全員に〈スピードアップ〉でいいんですよね？」

「あぁ。いつでも逃げられるようにしたいからな」

〈パワーアップ〉は、自分の力を見誤って無茶をする可能性があるから禁止。

消極的すぎるか？　と思う部分もあるが、安全第一。無理してもいいことなんてない。

「わっ、分かりました。えっと……」

もう一度森の奥を見て、リリはギュッと手を握って頷く。

見るからに緊張しているが、どうやら頑張ることに決めたらしい。

「アルト様、フィオランさん。この杖に触れてくれますか？」

ん？　杖？　なぜ杖に？

そう思っていると、リリが長い杖の先を天に向けて、地面に突き刺した。

「杖を通して魔力を流した方がいい、って本に書いてあって……」

「それで試してみたいわけか」

「はい」

なるほどね。だったら、拒む理由もないな。

「触れるのはどの辺りかな？」

「えっと、アルト様はここを。フィオランさんはここをお願いします」

「了解」

「はいはーい！」

指示された箇所に、俺とフィオランが触れる。

「あっ、ごめんなさい。アルト様、もうちょっと近付いてもらえますか？　フィオランさんも」

「ん？　了解」

そうして、最終的には突き立てた杖を中心に円陣を組むような形になった。

というか、二人の顔が近いんだが……

「なぁ、リリ。本当にこれがいいのか？」

「ふぇ？　はっ、はい！　なんかこう、いい感じなんです。ごめんなさい」

「あっ、いや。謝らなくてもいいんだけどさ」

改めて間近で見たけど、二人とも美人だよな。

これでSランクの素質を持っているとか、反則だと思う。うらやましいというか、なんというか……

「あ、あの。アルト、さま……」

「ん？」

「ごっ、ごめんなさい！　えっと、えっと……たぶんなのですが！　アルト様の心の声、聞こえちゃってます……」

「……は？」

声が、聞こえている？　心の、こえ、が……？

「あの、あの、杖から、二人の感情が流れ込んできちゃってて……えっと、あの……」

リリの顔が真っ赤なんだが……つ、つまりはあれだよな？

顔が近いとか、Sランクとか、うらやましいだとかが、聞こえたってことで……

「えっと、あの……はいです……」

頭の中の言葉に返事をされた……というか、これも聞かれてるわけで……

いやもう、めっちゃ恥ずかしいです。煮るなり焼くなり、好きにしてください。

「いっ、いえ、そんな！　わっ、私は、気にしてませんから！」

もじもじしながら頬を赤らめるリリが、可愛く見え……――じゃなくて!!

明鏡止水!!　心を無にしろ!!　というか、無にします。ごめんなさい。

「いっ、いえ！　私の方こそ、勝手に聞いちゃって……あの、えっと……」

「んんん？　なになに？　どしたの？　リリちゃん、恋する乙女の顔してるよ？」

「あの、えっと、えっと……」

バラさないでください！　俺が二人のことを可愛いとか、綺麗だとか思っていたなんて、バラさないでください。お願いします！　なんでもしますから！

「っ!!　いっ、いえ、違うんです！　えっと、あの……〈スピードアップ〉を起動しましゅっ！」

あっ、噛んだ。

少量の魔力が杖に吸い取られて、代わりに温かいものが流れ込んでくる。

杖を掴む手のひらから腕を通って、体の芯の方へ。

【名　前】フィオラン（23歳）
【能力値】素早さ：5（F）『＋3』

【名　前】リリ（15歳）
【能力値】素早さ：5（F）『＋3』

よし！　二人ともアップしてるな！

自分を鑑定で見ることはできないから分からないけど、おそらくは俺もアップしてるだろ！

手、離していいよな？　いえ、いいですよね!?

「はっ、はい！　もちろんです!!」

慌てて手を離して、大きく距離を取る。あっ、体が動かしやすい。

じゃなくて――リリ。聞こえるか？

「…………？」

コテリと首を傾げている姿、最高に可愛いぞ！

……うん……聞こえてないみたいだな。

「何よ、二人とも。見つめ合ったりなんかしちゃって。お姉さんだけ仲間外れ？」

「いや、それはないぞ。うん。大丈夫、フィオランの素早さもアップしているからな」

「はい！　みんな一緒ですね!!」

うんうん！　とリリも首を縦に振ってくれる。

「よし！　あとは時間との勝負だからな！　森に行くぞ！　急げよ！」

「そうですね。急ぎましょう！」

「……なんか釈然としないけど。貸し一つにしといてあげる」

見逃してくれるらしい。

リリも不機嫌には見えないし、心の中のセクハラ発言に関しては水に流して、秘密にしてくれるようだ。

というか、なぜ心の声がリリに聞こえたんだ？

Sランクの付与魔法の効果……というわけでもない気がする。鑑定結果にもそれらしい表記は見当たらない……まぁ分からないことを考えても仕方ないか。

俺は先陣を切って森の中へと足を踏み入れて、すぐに足を止めた。

「アルト様？　どうかされましたか？」

「ああ。いや、ちょっと、情報収集をね」

「情報？」

「そう。本の時と一緒だよ」

今欲しいのは、リリが倒せそうな魔物と水の魔法草の情報。あとは、危険な魔物の情報も。

それらに意識を絞って、周囲に魔力を広げていく。

近くにいる魔物は……数匹だけか。

「強そうな魔物の反応はないな」

「そうなんですか？」

「あぁ。巨大な生物もいないよ。とは言っても、隠れていたり擬態していたりすると、鑑定できない場合があるから注意は必要なんだけどさ」

そんな魔物、めったにいないけどな。

「一番近い魔物がそっち。こっちに進めば水の魔法草があって、その近くに魔物もいるな」

でもって、魔物はどっちもそれほど強くない。

距離のせいで詳細は分からないけど、近いのは最弱のランクＦ。

水の魔法草の近くにいるのは、その一つだけ上のＥランクだ。

「まずは、近い方から。大丈夫そうなら魔法草も取りに行く。それでいいか？」

お金は欲しいけど、寝床も食事もタダだから、無理する必要もないし。

「私は大丈夫です」

「お姉さんも大丈夫なんだけど。アルトくんって、魔物の場所が分かるの？」

「ん？　普通に鑑定しただけだぞ？　弓の本を探した時に、フィオランも見ているよな？」

「……あー、そういう認識なのね……あのね、アルトくん。本探しと森の探索を一緒にされると、お姉さん、困っちゃうよ？」

……え？　目的の本を探す。目的の魔物を探す。

一緒じゃないか？

「あるのかも分からないものを鑑定するって、おかしいと思わないかな？」

……そうなのか？　いや、でも、普通にできるし――

「フィオランさん。残念なのですが、私たちが慣れるしかないみたいです。アルト様に、私たちの常識は通用しないので」

「……リリちゃんも、苦労してるのね」

「見ていてハラハラしますが、私は幸せですから」

「……お互い、頑張りましょう」

「はい！　よろしくお願いします！」

小さく肩を落としたフィオランの手を、幸せそうに笑ったリリが握り締める。

どうにも〝危険な問題児〟みたいな言われようだけど、俺ってそこまでか？

さすがに一般常識くらいは普通に――

「アルトくん。できるだけお姉さんとリリちゃんで守ってあげるけど、限界があるの」

「そうです。お願いですから、情報が周囲にバレないようにお願いします！」

「今後はお姉さんかリリちゃんに聞いてから鑑定を使ってもらえる？」

「人が多いところでの鑑定は絶対にやめてください！　一生のお願いです！」

交互にめっちゃ釘を刺された。俺ってそこまでか!?

「後生ですから！」

「お姉さんたちのためだと思って！」

………

「……はい。ご迷惑をおかけします」

なんか、こう、ね。ごめんなさい。

☆★☆★☆

はぁー……と大きく溜め息を吐き出しながら木々の隙間を縫って、森の中を進んでいく。

ちなみに、一般常識の件は全面的に譲歩した。反論の余地は、どこにもなかった。

「周囲に敵なし。ゆっくり進むからな？」

「はい！」

「はいはーい」

いつ敵が襲ってくるか分からないから、周囲五メートルくらいに霧状の魔力を放って、鑑定を続ける。

もちろん、リリとフィオランに鑑定の許可はもらった。

一応、俺が上司だったと思うんだが、どうしてこうなったのだろう。

まぁ、威張り散らすつもりもないから、別にいいんだけどさ。

「――っと、ストップだ」

手のひらを後ろにかえして、二人の動きを止める。

リリに目を向けたあとで、手元の杖に視線を落とした。

不思議そうにコテリと首を傾げたあと、ハッと目を開いて、リリは俺の方に杖を伸ばしてくれる。

（リリ、聞こえるか？）

（はい！　聞こえます！）

すごい、リリの返事が聞こえた⁉

（フィオランは？）

（あ、うん。聞こえる。これも軍事機密よね？）

心の声はリリへの一方通行だとばかり思っていたのだが、強く念じれば杖に触れている者同士での会話も可能らしい。

それはいいんだが、軍事機密？　杖を介しての会話が？

（そうなのですか？）

（……この件に関してはリリちゃんもそっち側なのね。お姉さん、頭痛と腹痛で死にそうなんだけど……）

大きく肩を落としたフィオランが、思わずと言った様子で天を仰《あお》ぐ。

（真っ先に思い浮かぶのは、潜入調査。あとは敵国との交渉？　もちろん今もそうだけど、声を出さずに情報を共有したい場面なんて、山ほど思い浮かばない？）
（あー、それはまぁ、確かに）
俺からリリへの一方通行でも有用と判断したから、こうして杖に触れたんだからな。
（えっと？　要するに秘密にした方がいい、ってことですよね？）
（そうだな。少なくとも、ルドルフ少佐に相談するまでは秘密にしておこうか）
（分かりました。私もアルト様と同じ、軍事機密仲間ですね！）
嬉しそうな顔で頷くリリ。そんな彼女を見ていると、ちょっとだけ不安になる。
軍事機密仲間って嬉しいのか？
（とりあえず、意思疎通の件は保留にして。そこの木の陰からそっと覗いてみろ）
素直にコクリと頷いた二人が、表情を引き締めて木の陰に向かう。

【名　前】スライム
【ランク】F

覗き込んだ先に、ぼんやりと日差しを浴びるゼリー状の生物の姿があった。
（リリ。やれるか？）
（はっ、はい！　大丈夫です。怖いけど、頑張ります！）
リリは大きく息を吸い込み、杖をギュッと握り締める。

口を一文字に強く結んで、しっかりと頷いてみせた。
（フィオランは、リリのフォローを頼む。周囲の警戒は、俺に任せてくれていい）
（はいはーい。スライムの身ってひさしぶりかも。美味しいよね）
（そうなのか？）
（ん？　食べたことない？　冒険者の間じゃ美味しいって有名なのよ？）
ふわりと微笑む姿を見る限り、フィオランも緊張はしてないな。
相手はFランク。彼女にとっては慣れた相手なのだろう。
（タイミングはリリに任せるよ。フォローするから、焦《あせ》らなくていいぞ？）
（はっ、はい！）
杖から手を離して、彼女の頭を撫でてみる。
落ち着かせるように微笑むと、杖を握り直したリリが、深呼吸をしてコクリと頷いた。
立てた指を、三、二、一、と下ろし、リリは木の陰から飛び出していく。
それと同時にフィオランも横へと走りながら、弓を構えた。
リリが杖を大きく振り上げて、振り下ろす。
「倒れてください!!」
気合いが乗った大きな声。
――その声がまずかったのか、大きな動作がまずかったのか。
「っ!!」

スライムが後ろに大きく跳ねて、杖が地面を叩いた。

地面に降り立ったスライムが、リリに飛びかかろうとしている姿が見える。

――まずい！

フィオランにフォローを頼んだが、リリとスライムの距離が近すぎて弓では無理だ！

「リリちゃん!!」

フィオランの悲鳴を背後に聞きながら、俺は前方へと飛び出して腰の短剣に手を伸ばす。

最弱とは言っても、相手は魔物。普通の動物とは力の強さが違う！

無防備に食らえば、骨折は避けられない！

――だが、この距離ならギリギリ!!

「っ!!」

リリが足を半歩だけ前に出した。その動きに合わせて杖の先が少しだけ持ち上がり、リリの手の中を滑るようにして前方に突き出される。

聞こえたのは、ポスンと言う軽い衝突の音。

杖の先端が、飛びかかろうとしていたスライムの中心を捉えていた。

【名　前】スライム
【状　態】生命力：10／34

「――まだだ!!」

「はい！」

流れるように上段に構えたリリが、足を入れ替えて振り下ろす。

地面に転がっていたスライムを真っ二つにするかのように、杖が体の中心を押し潰した。

【名　前】スライム
【状　態】生命力：0／34

周囲に別の魔物の反応はない……どうにかなったな。

「無事に倒せた。楽にしていいよ」

「はぁ、はぁ、はぁ……はい……ありがとうございます」

杖を抱きかかえたリリが、崩れ落ちるようにペタンと座り込む。

はじめての狩りだからな。体力よりも、精神的に疲れたのだろう。

「ごめんね！　お姉さんのせいで、怖い思いさせちゃったよね！」

弓を片手に走り込んできたフィオランは、リリを抱きしめながら泣きだした。俺も、たっぷりと冷や汗をかいた。

「いっ、いいえ。不意打ちを仕掛けたのに避けられちゃった私が悪いんです。そのあとも、アルト様の声が聞こえるまで動けなくて……」

「お姉さんの弓がもっと上手だったら、リリちゃんを危ない目に遭わせなかったのに」

「ですから、最初に避けられちゃった私が――」

「リリちゃんが、死んじゃうかと思ったよーーー!!」

フィオランの奴、マジ泣きじゃねぇか……まぁ、気持ちは分かるけどさ。

どう考えても、一番まずかったのは俺だよな。

「スライムに攻撃を避けられた時に、後ろに飛べって指示を出すべきだった。悪かった」

ヤバいって思った瞬間に、指示を出すことも忘れて自分だけで動いていたからな。

駆け出しながらリリに指示を出して、弓と短剣の二段構え。それが一番いい選択だったと思う。

「いっ、いえ！　アルト様に悪いところなんてなかったですよ！」

「そうそう！　というか、アルトくんは間に合ってたよね？　飛び出すの、すっごく速かったし。もしかしてなんだけど、アルトくんって、鑑定魔法だけじゃなくて、短剣も強いんじゃない？」

「いや、強くはないよ。たまに上司の接待に付き合わされた経験のせいで、人並みに動けるくらいかな」

お偉いさんの先回りをして、雑魚を倒して。自分じゃ倒せない魔物は遠くに引っ張っていく。メインの獲物は、鑑定で生命力を見ながら、お偉いさんの技量に合わせて削っておく。

今思い返しても、マジで面倒な仕事だったな……

「まぁ、なんだ。体を動かすのは得意じゃないから、期待はしないでくれると助かるよ」

「……アルトくんが言うなら、そういうことにしておいてあげる。リリちゃんもそれでいい？」

「はい。私も深くは聞きません。アルト様を信じます」

……なんか含みのある言葉に聞こえるけどな。まぁ、俺も深くは聞かないでおこう。

「えーっと。解体って、フィオランができたよな？」

「え？　うん。荷物持ちには、必須の技術だからね。っと、そっかスライム」

「そう。頼んでいいか？」

「もっちろん！　お姉さんに任せて！」

ドンと胸を叩いたフィオランが、ボロボロのリュックから小さなナイフを取り出した。

かなり使い込まれているようだけど、手入れは行き届いているように見える。

「ん？　何？　お姉さんにみとれちゃってる？」

「……いや、いいナイフだと思ってさ」

「そっか、ありがと。これ、父さんの形見なんだー。いいでしょ」

フィオランはふわりと笑い、俺たちに背を向けてスライムと向かい合う。

細い指先でぷにぷにと押し、ん～……と首を傾げていた。

「状態がいいから冷やしたいけどね。河辺で倒したわけでもないし、仕方ないかなー」

「ん？　なんだ？　冷やした方がいいのか？」

「もっちろん。皮の張りが増して、肉質の劣化も遅くなるし。解体する時に川が近かったりすると、冷やすんだけどね～」

ん……？

「川、近いぞ？」

「「え……？」」

というか音、聞こえない？

☆★☆★☆

フィオランにスライムを持ってもらって、森を歩くこと数分。

目の前には跨《また》げるほど小さな川が流れていて、背後から呆然とした二人の声が聞こえてきた。

「本当に水が流れてます」

「嘘じゃなかったのね……」

どうにも酷い言われようだな。二人とも信じてなかったか？

「俺がこんなことで嘘ついて、なんの利益があるんだよ」

「あ～、うん。それはそうなんだけど……」

「アルト様は、その……ご存知ないかもしれませんが。えっと、普通は、川が流れている場所なんて、分からないんですよ？」

悪かったな、普通じゃなくて。

だから『やれやれ、しょうがない人ですね』みたいな雰囲気で溜め息をつくのはやめてください。お願いします。

「ねぇ、アルトくん。質問、というより答え合わせなんだけど。どうやって川を見つけたの？」

「来たことのない場所ですよね？　いえ、予想はできていますが、一応……」

もちろん鑑定魔法で知りましたが、何か？　ってか答え合わせってなんだよ……

「カンだよ、カン。第六感ってやつだ。鑑定じゃないぞ？」

「「…………」」

はい、冷ややかな目ですね。

「……!!　アルト様！　今後は全て、その第六感のおかげってことにしませんか!?　それなら鑑定魔法だってバレませんよね！」

お？　リリの目が輝いた？

その代わり、フィオランの目がどんどん暗くなっている。

「落ち着いて、リリちゃん。もしこれが直感によるものだったとしても、アルトくんが軍事機密の塊である事実に変わりはないよ？」

「うっ！　そう、でした。どちらにせよ隠さなきゃいけないんでした……」

……うん。リリもフィオランも、楽しそうで何よりだな。

同じ境遇に立たされて芽生える仲間意識！　上司として、頼もしい限りだよ。うん！

そういうことにしておいてくれないか？

「っていうかさ、そこまで過剰に反応することか？　川の位置が分かるとか、普通に便利！　くらいじゃダメ？」

今も解体に川の水が使えてラッキーだろ？　そのくらいに捉えといてほしいよな。

と思っていたら、リリが自分の額に手を当てて、深々と溜め息をついていた。

「あのですね。水は重たくて、持ち運びが大変なものですよね？　だから水の魔法草が重宝されているんです」

「魔法草から水を出せるからね。だけど水の魔法草を使った水って、美味しくないのよ。乾燥させて持ち歩くから、意外とすぐ燃えちゃうし」

「なので、遠征時に一番頭を抱える問題が水の確保なんです。そこまでは分かりますか？」

あ～、うん。まぁ、なんとなく。

「水がなければ、人は生きていけません。水源が見つからなくてせっかく確保した拠点から撤退した、なんて話が軍部の教科書にいっぱい載ってました」

「荷物持ちを四人雇ったら、三人には水を持たせなさい。冒険者も最初にそう習うわね」

………それって、つまり……？

「遠征軍にアルト様が参加したら、荷物の七割が必要なくなります。私が遠征軍の編成を決める立場なら、必ず参加を要請しますね」

「冒険者ギルドでも予約殺到ね。水を探せるって知られたら引っ張りだこじゃない？　いっそのこと拉致《らち》して馬車に監禁とか」

……それって、かなりヤバくね？

どう転んでも、厄介な出来事に巻き込まれる気しかしないんだが!?

「二人とも。もしよろしければ、秘密にしていただけますと幸いです。なんでもします」

同じような話が前にもあったけど、王国にいた頃と同じ生活に戻りたくはない！

無職も嫌だけど、仕事に追われる日々はもっと嫌だ!!

「やっと分かっていただけましたか」

「そうは言っても、無自覚にやらかす未来が、お姉さんには見えるわねー」

「確かにそうですね。アルト様は無自覚の塊ですし……」

「ご迷惑をおかけします」

リリと出会って数日。フィオランと出会って数時間。

その短い時間で、すでに何度も危なかったらしいし、反論の余地はない……

「自分は平凡な常識人だと思っていたんだがな」

この先、どうしよう。

溜め息をついていると、リリとフィオランが視線を合わせて、くすりと笑いながら肩をすくめていた。

「アルトくんには、大きな借りがあるもの。お姉さんでよければ、ずっと支えてあげる」

「私も、アルト様をずっと支えられるように頑張りますね！」

二人はそう言って、スライムを抱えて川の中につま先を浸していく。

これでリリたちの中で話の決着はついたらしい。

——でもまぁ、二人が支えてくれるのなら大丈夫かな。

二人とも、素質Sランク。常識外れな存在になれる人材。

この子たちの陰にいれば、ちょっとだけ常識外れらしい俺も目立たなくなるだろうな！

「リリちゃん。そこを押さえてくれる？」

「はい！　ひゃっ!?　……ごめんなさい、変な声出しちゃって。水、冷たいですね」

「今の時期ならもう少し温かいと思ったけど。それにしても、綺麗な水ね」

「時折、キラキラと輝いて見えますね」

「あっ、やっぱりそうなのね。お姉さんの目がおかしいのかな、って思っちゃった」

「……不思議なお水ですね」

「そうねー」

二人はそんな会話をしながら、スライムを水にさらして、ナイフを差し入れていく。

川の水が気になっているみたいだ。

「それ、水の魔法草から流れ出た水らしいぞ？　周囲の魔力量が多くなると、葉っぱから溢れ出す、ってさ。含まれる魔力が多いからキラキラして見えるんじゃないか？」

「「え……？」」

……え？　二人とも、なんでそんな目で見てくるんですか!?

「……アルト様」

「はっ、はい」

「軍事機密に抵触しそうなことを話す時は、それ相応の雰囲気でお願いします」

「え……？」

「アルト様は何も悪くない。それは分かってます。ですが、私たちに心構えくらいさせてください。お願いします」

マジの懇願!?　リリさん、涙目じゃないですか!!

え？　何？　俺、また何かやらかした？

――リリとフィオラン曰《いわ》く、乾燥していない水の魔法草から水が溢れ出す条件も、世間には知られていない情報だったらしい。

☆★☆★☆

スライムを川の水にさらしながら解体して、ぷるぷるの皮と身に分ける。

皮は冒険者ギルドで買い取ってくれるらしいから、フィオランのリュックに。中央にあった小さな身は、リリに薄くスライスしてもらって、俺たちの腹の中だ。

「スライムのお刺身。コリコリしてて美味しかったです！」

「でしょでしょ！　お姉さんも好きなんだけど、あれって、新鮮じゃなきゃダメなのよね」

「そうなんですか？」

「美味しい状態なのって、最長で六時間くらいだったかな？　だから、狩りに来た者の特権なの」

「量も少なかったですし、お土産《みやげ》には不向き。全部食べちゃっても仕方ない！　ですよね？」

「そうなるわね！」

リリ、相当気に入ったみたいだな。

俺たちは川に沿って上流へ向かう。

〈スピードアップ〉
レベル：2／4　残り15分

もともとの効果時間が四十分だから、タイムリミットまで半分もないか。

急ぐ必要もないけど、のんびりしてる時間もなさそうだな。

――というか。

「リリのレベルが、上がってるな」

「え……？　レベル、ですか？」

「あぁ。スライムを倒したおかげで、魔法の上限レベルが上がったみたいだぞ」

「……？　あっ、限界の突破！　よかったです！　私、頑張って強くなりますね！」

「おっ、おう……よろしくな」

「はい！」

ギュッと嬉しそうに両手を握るリリが可愛い。それはいいんだけど、上限突破の件、忘れてなかったか？　もともとはリリのレベルアップが目的だったよな？

まぁ、別にいいんだけどさ。

「ここからはできるだけ音を出さずに進むぞ。何かあれば、リリの杖で会話。いいな？」

「はい！」

「はいはーい」

今度の目標は、Eランクのモンスターが二体。

【名　前】タスク・ドッグA
【状　態】生命力：54／54

【名　前】タスク・ドッグB
【状　態】生命力：64／64

俺たちはリリの杖に触れて心の中で会話した。

（えっと。タスク・ドッグって、セイウチみたいな牙を持つ狼《おおかみ》、でしたよね？）

（あぁ。小さな体に似合わないサイズの牙を持つモンスターだな）

顎より長い牙を使って、自分より大きな獲物を仕留める。好戦的で、危険な害獣だ。

ドッグという名前が付いてはいるけど、可愛らしさなんてどこにもない。別名、四本足のトド。

（今回のメインは、お姉さんかな？）

（あぁ。よろしくな）

（うん！　お姉さんに任せてよ！）

硬くてデカい牙は脅威だけど、素早くはない。近付かなければ安全で、毛皮が高く売れる。だから、狩りターゲットには、ちょうどよかったりするんだよな。

（ほんと。貴族様の接待を思い出すよ……）

（ん～っと？　アルトくんの故郷にもいた、ってこと？）

（あぁ。狩り慣れた相手だ）

もっとも、弓で狩るのは俺じゃなかったけどな。

見つけて、案内して、気持ちよく狩ってもらう。で、よいしょする。

警戒心がそれほど強くない相手だっていうのに、デカい音を出してピンチになるわ、矢を大きくハズしたのを俺のせいにするわ、トラブルの多いこと、多いこと。

――いや、過ぎたことだ。忘れよう。

（ってことで、リリはサポートな。戦ってもいいけど、無理はしないこと）

（はい！　任せてください！）

本当ならリリにも弓を使ってもらえばいいんだろうけど、杖の訓練中だからな。

そもそも弓は一個しかないし。そばにいてフォローすれば、さっきの二の舞にはならないだろう。

（――っと、ストップだ）

この先に、身を隠せるような木々はない。不意に途切れた木々の奥を覗くと、日差しの中をウロウロと歩き回る敵の姿があった。そのさらに奥には、見上げるほど大きな崖と洞窟がある。

（あの洞窟に住んでいるのでしょうか？）

（たぶんな。水の魔法草から流れ出した川も洞窟の中に続いているし、水場兼巣穴として住み着いたんだろ）

タスク・ドッグたちはやや警戒しているものの、俺たちの居場所はまだ知られていないように見える。野生のカンか何かで、不穏を感じ取ったって感じだ。

隠れている場所までバレているのなら、自慢の牙を使って俺たちを狩りに来るはずだからな。

（フィオラン。いけるか？）

（もちろん。お姉さんに任せといてよ）

フィオランは小さく微笑んで、見つからないように腰を屈めて、木々を二本分だけ隣へ。その姿を横目に見ながら、俺たちはギリギリまで前に進んだ。

（リリも準備はいいな？）

（はっ、はい！）

今度こそ、と言った様子で、リリが力強く頷いてみせる。

フィオランの方に視線を向けると、彼女もグッと親指を立ててくれた。

眼鏡の位置を指先で整えたフィオランが、矢をつがえてキリキリと引き絞る。

「あたって……」

小さく聞こえた声に続いて、ピシャンと矢を放つ音がした。

木々の隙間を抜けて、矢が真っ直ぐに飛んでいく。

——キャウン！

そして気が付けば、生命力の多い方。タスク・ドッグBのわき腹に、フィオランが放った矢が深々と突き刺さっていた。

「行きます！」

木の陰から飛び出したリリが、左足を前に出して杖を構える。そんな彼女の姿を間近で見ながら、俺は腰の短剣を引き抜いた。

矢が刺さったタスク・ドッグは、地面に倒れたまま。

「来るぞ！」

「はい！」

残る一体が、牙を揺らしながら迫ってくる。

フィオランも急いではいるが、二射目は間に合いそうにない。

「リリ！　いけそうか!?」

「だっ、大丈夫です！」

大きく息を吸い込み、小さく止める。

緊張してはいるが、スライムの時よりは大丈夫そうだ。

残り三メートル。二メートル。

「――そこです！」

シュッ！　と突き出した杖の先が、敵の額に吸い込まれていく。

どふっ、と鈍い音がして、タスク・ドッグがたたらを踏んだ。

すかさず踏み込んだリリが、杖の先端を地面へ。

「倒れてください!!」

さらに踏み込んで、牙と牙の間を滑らせるように杖をかち上げる。

タスク・ドッグの顎が跳ねて、前足が宙に浮き、背中から大きく倒れ込んでいた。

「……あれ？」

【名　前】リリ（15歳）
【能力値】物理：6（F）『＋3』

本人すら驚く威力だが、無意識に〈パワーアップ〉を自分に付与したのだろう。そして基礎の数値も、いつの間にか上がっていたらしい。

【名　前】タスク・ドッグA
【状　態】生命力：0／54

その結果、足止めの予定が、一人で倒したみたいだな。さすがはSランクって感じか？

――と思っていると、リリが後ろに大きく跳んでいた。

「フィオランさん！」

「任せて!!」

「二人とも、何を――？」

そう思ったのは、一瞬だけ。

リリが離れたおかげで、矢を撃ち込める空間が出来上がっていた。

ハッと振り向くと、眼鏡の奥にある鋭い視線が、地面に倒れるタスク・ドックを見つめている。

まさに臨戦態勢。ギリギリと弓を引き絞っていたフィオランの指先が、つがえた矢を送り出す。

「待て待て待て待て！」

慌てて叫んだけど、遅かった。

バツン！　と音がして、風切り羽が俺たちの横を通り過ぎていく。

振り向いた先に見えたのは、タスク・ドッグのすぐ側に突き刺さった矢の姿。

俺の声に驚いて、狙いがそれたようだ。

二人の様子を見る限り、これ以上の攻撃が無駄だと分かっているのは、俺だけだった。

「アルトくん!?　早くとどめを刺さないと！」

「短剣を貸してください。私が――」

「いや、もう必要ないよ」

「「？」」

【名　前】タスク・ドッグA
【状　態】生命力：0／54

【名　前】タスク・ドッグB
【状　態】生命力：0／64

「どっちも倒せてる」

「「…………」」

呆然とする二人の表情には苦笑するしかないが、数字が見えるのは俺だけだもんな。

分かりやすく見せた方がいいか。

「フィオラン。そこに落ちている枝を持ってきてくれるか？」

「枝？　えーっと、これでいいの？」

「あぁ。ありがと」

長めの枝を受け取って、タスク・ドッグを遠くから軽く突く。

そこまでやって、二人もようやく理解したらしい。

「……動きませんね」

「だろ？」

ピクリともしない敵の姿を見たリリが、ほっと吐息を漏らしていた。

「リリちゃんが、杖だけで倒しちゃった、ってこと？　一撃で!?」

「あー、まぁ。そうなるな」

正確に言うのなら、突きと切り上げで二撃だけどな。結果は同じだからどっちでもいいんだけどさ。

ぼんやりとタスク・ドッグを見下ろすリリに視線を向ける。

「どうした？　疲れたか？」

「あっ、いえ……私なんかが、Eランクの魔物を倒したんだな、って思って……」

信じられない。そんな感じか。

どうやらそれは、弓を放ったフィオランも同じらしい。

「額じゃなかったけど。これ、お姉さんが撃った矢よね、どう見ても……」

彼女も、自分が倒した方の獲物を不思議そうな顔で見つめている。

二人が倒した、初めての獲物。

「ちなみにだけど、二人とも上限を突破しているぞ」

「「え……？」」

リリのレベルが3から5に。フィオランも、5から6に上がっているな。

フィオランが数を減らして、リリが敵を牽制《けんせい》。とどめを刺す隙を作ってから、射線を確保。

最後は結果的には無駄だったが、二人とも、いい動きだったと思う。

「フィオランの攻撃力も、集中力も申し分なし。前衛と後衛でいいコンビなんじゃないか？」

俺、何もしてないしな。必要なかったんじゃないか？　マジで……

「ん～、リリちゃんがすごいのは、間違いないんだけど。お姉さんが頑張れたのって、アルトくんのおかげよ？」

「ん？　俺？」

「私もです。アルト様が周囲を見ててくれるから、目の前のことだけに集中できました！」

「そーゆーこと」

……まぁ、二人がそう言うなら。

付与の残り時間も少ないし、あとは〝水の魔法草〟を採取して、今日は帰るか。

「そんじゃ、ちょっとだけ休憩してから洞窟の探索な。周囲の警戒は俺に任せて、ゆっくり休む感じで」

「はいは～い！　あっ、先に獲物を冷やしとくね。解体もそのあとだから」

「ん？　あぁ、よろしくな」

「うん！　お姉さんに任せて！」

自信満々に胸を張ったフィオランが、大きな獲物を川にさらしていく。

手際よく解体して、洞窟の入口に生えていた水の魔法草も採取。

その後は何事もなく、全員が無事に訓練校へと帰り着いた。

4　新たな仲間

アルト幹部候補生たちが水の魔法草を持ち帰ってから二時間が過ぎた夕暮れ時。

ルドルフ少佐の仕事部屋に、馬鹿でかい笑い声が響いていた。

「くははは。邪魔するぞ」

力強く開け放たれたドアの向こうに見えたのは、日に焼けた巨体と年季を感じさせる白髪。

赤い顔をしたルルベール少佐が、大きな酒瓶を掲げて見せる。

「ほれ、土産じゃ。ツマミもあるぞ」

勝手知ったる部屋とばかりに、来客用のソファーに陣取ってどっしりと腰を落ち着ける。続けて入ってきた部下たちが、料理や酒などを所狭しと並べて帰っていった。

――遠征から帰ってきた日の恒例行事。

迎え入れるルドルフは無論、運悪く巻き込まれた部下たちも手慣れたものだ。だが、酒をあおるルルベール少佐の様子がどことなく普段と違う。

ルドルフには、腹の奥底に眠る獣のごとき獰猛な笑みが見えるような気がしていた。

「何やらご機嫌ですね。遠征先に強敵でもいましたか？　それとも、よほどいい酒が？」

「前者じゃな。そこの廊下で、おぬしのお気に入りに丸め込まれたわい」

「……なるほど、私のお気に入りに」

十中八九、アルトのことだろう。そういえば、ルルベール少佐の名で模擬戦の申請が来ていたが、それ絡みだろうか？

そんなことを思いながら、ルドルフも対面のソファーに腰を据えた。

掲げたグラスに、とくとくとく、と酒が注がれる頃には、部屋の中に二人きり。分厚い壁に囲まれた部屋の中であれば、誰に聞かれる心配もない。

酒で唇を湿らせたルドルフが、ニヤリと笑ってみせる。

「面白い男だったでしょう？」

「うむ。久方ぶりに血が騒ぎよった」

くくく、と喉を鳴らし、酒を流し込んでいく。本当に機嫌がいいらしい。

「儂ともおぬしとも違う強者じゃな。剣の腕は並みじゃろうが、それ以外は底が知れん。おぬしはどう見た？」

「そうですね。我々とは見え方や捉え方が違う人物、ですかね。下手に干渉すると、彼のよさを抑えつける結果になるかと」

「くははは。おぬしがそこまで言うとは、相当な入れ込みようじゃな」

ルルベールは膝をバシバシ叩き、瓶ごと酒をあおった。

ルドルフはおもむろに席を立って、一枚の紙をルルベールの前に差し出す。

「なんじゃ、これは？」

「アルト幹部候補生が、軍部の森から持ち帰った成果ですよ」

スライムが一匹。タスク・ドッグが二体。その査定結果が、事細かく書き込まれている。

「……なるほどの。SとB。極めつけがSSか」

いずれも処理や保存状態が高評価。

目立った傷のないタスク・ドッグに至っては、過去最高の評価額を更新。

「アルト幹部候補生本人が『俺は何もしてません』と言っていましたね」

「……ふん。末恐ろしい小僧じゃな」

ルルベールは口の端をニヤリと吊り上げ、紙の端を指先でペシッと弾《はじ》いてルドルフに突き返す。

受け取ったルドルフも、緩む口元を隠さずにいた。

「部下の二人は評価されずにもがいていた者たち。まだ部下になって数日と数時間だと聞いたが？」

「ええ。間違いのない情報です」

それ故に、末恐ろしい。

「せっかくじゃ。模擬戦までは、あやつらには隠れて特訓してもらうとするかの」

「ですね。そっちの方が効果的だ」

彼女たちが、劇的に強くなるのは間違いない。その過程を秘匿《ひとく》して噂を一人歩きさせれば、彼の部下を目指す者が大勢出てくる。

結果として、訓練生全体のレベルの底上げにつながるだろう。

「冒険者ギルドとのつなぎは、儂が引き受ける」

「向こうも持て余していた人材のようですし、嫌とは言わないでしょう」

すでに二人目の部下のような雰囲気になってはいるが、冒険者ギルド側への正式な手続きはまだ完了していない。軍部主動で進めた方が無難ではある。ルルベール少佐が行ってくれるのであれば、変にこじれることもないだろう。

「じゃが、問題は対人スキル、じゃな」

「ええ。リリ訓練生はともかく、外部者には人を殺《あや》める壁を越えられない者も多いですから」

「……本来、そんな壁は越えなくてもいいんじゃがな」

それでも、軍部にいる以上は必要になる能力だ。

「ですが、おそらくは大丈夫でしょう」

「じゃな。あやつが尻込みする姿なんぞ、想像できんわい」

「ですね」

ルドルフは楽しげに笑いながら天井に目を向ける。

腹の中に溜まっていたものを、ふぅー……と吐き出して、目の前の酒に手を伸ばした。

「このままだと、三人目も早そうです」

「そうじゃな。それも若いおなごじゃろうて。どうじゃ、賭けてみるか？」

「いえいえ。二人とも女性予想になって、賭けが成立しませんよ」

「それもそうじゃな」

くははは、と酒が混じった笑い声が、いつまでも響いていた。

☆★☆★☆

求められた最低限の獲物を持って、軍部の森から帰ってきた翌日。

「勘違いするんじゃないわよ!?　私はただの同行者で、あなたの部下じゃないんだからね！」

俺はなぜか、リリと同い年の少女に、抗議の声を上げられていた。

事の起こりは、今日の朝早く。

「少し早いけど、キミに任務を与えたいと思っているんだ。軍人としての初仕事だよ」

そんな言葉と共に、ルドルフ少佐から、一枚の紙を渡された。

『主題：凶悪犯の排除
内容：少女一名と共に、子供ばかりを狙う殺人犯を排除せよ』

寝起きでぼんやりとしていた頭が理解を拒み、目が滑《すべ》っていく。

それでもどうにか言葉を呑み込んで、ルドルフ少佐に視線を向けた。

「この『少女一名』というのは、リリのことですか？」

「いや、彼女はキミの部下だからね。部下の参加は、キミの判断次第だよ」

「そう、ですか……」

魔物が出る森の探索と、殺人犯の捜索。

どっちが危険なのかは分からないけど、今回の方がどうしても気が引ける。

それはたぶん、相手が人間だから。

「私が一人で任務をする、と言うのはダメなのでしょうか？」

「いや、ダメではないよ。だけど、できればでいいんだが、訓練候補生の少女と一緒に仕事をしてほしいんだ。これは、僕とルルベール少佐、二人からの頼みだよ」

「……そう、ですか」

よく見れば、責任者の欄に二人の名前が書いてある。

関わりのある上司二人の連名か……

断るにしても、相応の理由がないと、面倒なことになるな。

「分かりました。最大限の努力をさせていただきます」

「ありがとう。よろしく頼むよ」

失礼します。そう言って頭を下げた俺を、なぜかルドルフ少佐が呼び止めた。

「一つだけ忠告をさせてもらうよ。我々の国は実力主義。軍人であっても、実力が伴えば、自己の判断を優先しても許されることがあまたある」

自己判断を優先？　任務の遂行が絶対ではない、ってことか？

「それはつまり。現場の判断で、任務を放棄してもいい。そういうことですか？」

「その通りだよ。任務を受けるか否かの選択も含めて、キミの実力だと判断する。ただね」

そこで言葉を切ったルドルフ少佐が、真剣な眼差しを向けてくる。机の上で組まれていた手が、グッと握られていた。

「指示に従った場合の結果は、責任者である僕たちが負う。だけど、指示に従わない場合の責任は、キミが負うことになる」

「………」

「実力を行使する者は、自由と引き替えに責任を負う。それだけは、覚えておいてほしい」

「……分かりました。失礼します」

ただそれだけしか言えなくて、指示書が入った封筒を左手で握り締めながら、少佐の執務室を後にした。

仮に殺害に失敗して逃げられたとしても、少佐たちが責任をとってくれる。その命を奪うことに躊躇して、自分の判断で任務を放棄した場合。その後の責任を負うのは俺になる。

最後の忠告は、そういう意味だろうな。

「つまり、俺が人を手にかけることができるかできないか。そんな試験ってことか」

おそらくは、元冒険者であるフィオランの覚悟も見ていると思う。

冒険者と軍人の違いは、人を相手にするか、しないか、だからな。

「その点、リリは、どうなんだろう」

軍の施設で育ったのだから、軍人としての心構えみたいな教育も受けているとは思う。

人を相手に、って聞いた瞬間に『リリたちにさせるわけには――』なんて思った俺より先に進んでいても不思議じゃない。だけど、実戦の経験は森での戦闘が初めてって言っていたからな。人を相手にするのも、初めてだろうし……

「そんな初心者ばかりじゃ不安だから、一名追加、ってことか」

なんとなくだけど、少佐たちの思惑が見えてきたような気がする。

リリたちには言わずに、俺が一人だけで！　って思ったけど、彼女たちの意志や覚悟を聞いた方が、彼女たちの今後のためになるんだろうな。

「実力主義で、自己責任、か………ん？」

そういえば、もう一人の少女は？　集合場所どころか、名前すら聞いてないんだが？

確か訓練候補生、って言っていたよな。

リリが暮らしていた、あの訓練施設に行けばいいのか？

「……とりあえず、リリに聞いてみるか」

暗黙の了解で、特定の場所に集合。一般常識的に、何時に集合。実はこの指示書に暗号が隠されていてー……みたいな話があるかもしれないしな。

「まぁ、暗号はさすがにないと思うけどさ」

そんなことを思いながら、与えられた四人部屋のドアをガチャリと開く。

リリ曰く、部屋の主はノック禁止らしい。ハプニングとか、面倒が起きそうで、怖いんだけどなぁ……と思いながら目を向けたドアの向こうに。

「遅いわよ！　任務の紙、もらってきたんでしょうね!?」

リリと同じ年頃の少女が、腰に片手を当てて、ビシッと俺のことを指差していた。

腰まである漆黒の髪に、ゆるいサイドテールが揺れている。どことなくだけど、見たことがある少女だと思う。

――というか、ずいぶんと喋り方の印象が違うけど、この子、リリと模擬戦をする予定になっている子じゃないか？　名前は確か……

「ルリア？」

「マルリアよ！　対戦相手の名前くらい覚えておきなさいよね!!」

あー、うん。おっしゃる通りです。申し訳ない。けど、あれなんですよ。この国に来てからいろいろとハプニングの連続でして……

心の中で言い訳をしていると、部屋の奥から十歳くらいの男の子が姿を見せた。

「ちょっと、姉さん！　幹部候補生の方にその喋り方は失礼だよ！」

「何よ！　マイロの癖に生意気ね！　別にいいじゃない！　ライバルにはタメ口が基本でしょ！　私は間違ってないわ！」

……そうなのか？　というか、ライバルって俺のこと？　リリじゃなくて？

いや、まぁいいんだけどさ。

「すみません、姉は思い込みが激しくて。決して悪気があるわけでは……」

「あぁ、うん。大丈夫、気にしてないよ」

「そうですか。ありがとうございます」

ぺこりと頭を下げる弟くんと、胸の前で腕を組んでぷいと顔を背けるお姉ちゃん。

マイロくんと、マルリアちゃんねぇ。突っ走る姉と、優しく支える弟って感じかな？

「二人は姉弟なんだね。目元なんてそっくりだよ」

「ありがとうございます。似ているってよく言われるんですよ」

「うん。本当にそっくりだと思うよ」

そっくりって言った時、二人とも嬉しそうな反応をしたな。

姉弟の仲は良好な感じか。あとは鑑定して詳しい情報を――じゃないな。

『後生ですから!!』

『お姉さんたちのためだと思って！』

二人に涙目で頼まれたしな。鑑定はせずにおいて、分析もこのくらいにするか。

「――というか、あの二人はどこに？」

そう思って部屋の奥に目を向けると、そこには不思議な光景が広がっていた。

リリは問題ない。台所で普通にお茶をいれている。問題なのは残る一人なんだが。

「なぜ、手足を縛られて、ベッドの上に？」

「んー、んふんんー」

口にタオルを回されて、なんかもごもご言っているし。

声の感じから判断すると『あー、おかえりー』だろうか？　意外に余裕あるな。

何してんだ、あいつ？　というか、どうしてそんな事態に？

「わっ、私は悪くないわよ⁉　あの変態が、変態だったから縛っただけ！　出会って二秒で抱き付いて、髪をもふもふするなんておかしいでしょ！」

「あー……なるほど……」

しっかり者のリリと違って、マルリアは見るからにやんちゃそうな少女だもんな。

サイドテールも、幼い感じでゆらゆらしているし。体型も、その……幼い感じだし。自称お姉さんの血が暴走したわけか……

「というか、よく縛れたな」

鍛え始めたばかりだからフィオランもまだまだ弱い。とはいえ、普通に大人と子供くらいの体格の差があるんだが。

「こう見えて、ダメな大人を縛るのは得意なのよ」

「えっとですね。僕たち、けっこう特殊な家庭で育ったので……」

いや、どんな家庭だよ、それ……という言葉は、直前で呑み込んだ。

ここにいるってことは、二人とも軍の保護施設に住んでいるんだろうし。他人が土足で踏み込んでいい話題じゃない。

「俺の部下が迷惑をかけたね。悪かった。そういえば、ルドルフ少佐からクッキーをもらってきたんだ。リリがお茶をいれているみたいだし、とりあえず座って話をしようか——五人でね」

そう言って、ベッドの上でもぞもぞ動くフィオランに、憐《あわ》れみの目を向ける。ずっと縛ったままでもいいんだけど、さすがにな。

ってことでフィオランを釈放して、五人でテーブルを挟んで向かい合ったんだが……

「ねぇ、この席の配置は、さすがにおかしくない？」

与えられた四人部屋にあったのは、大きなテーブルが一つと、椅子が四つ。

俺、マイロくん、リリ、フィオランの順に並んで座り……

「どうして私が、変態の膝の上なのよ！」

マルリアには、フィオランの腕の中にすっぽりと収まってもらっていた。

いや、だって他の二人じゃ支えられないし、俺だといろいろ問題があるからな。

「大丈夫！　お姉さんが優しく支えてあげるね！」

「さわるなー!!」

そう叫んではいるけど、本気で抵抗する気はないらしい。

「姉さんがあんなに楽しそうに……よかった、本当に、よかった……」

弟くんはそんな姉の姿を見て、嬉し泣きですか。

強烈な個性を持つ姉の陰に隠れているけど、弟くんも意外に濃いな……

——鑑定したい欲望が沸き立つんだが、ダメだろうか？　こんな面白い二人を鑑定できないなんて、拷問じゃないか!?

その願望を心の奥底に押し込めて、おほん、と咳をする。

「改めて聞きたいんだが、マルリアとマイロくんは任務の件で来たってことでいいんだよね？」

「……あんた、こんな状況で普通に話を進めるとか、正気？」

「お兄さんの言う通りですよ。僕たち、と言うより、姉が指名された形ですね」

「マイロも、何普通に答えてるのよ⁉　あー、もぉー！」

マルリアがフィオランの腕の中でもぞもぞと動いて、俺の顔を指差した。そして隣に座るリリにも視線を向ける。

「任務は一緒にするけど、私は部下じゃなくてライバルよ！　あんたたちより私の方が優秀だって、絶対に認めさせてやるんだから！」

フィオランの腕の中に収まりながら、ビシッと宣言をしてみせた。

「あっ、僕は行きません。指名は姉さんだけなので」

「そうなんだ」

弟のマイロくんの方も、優秀そうに見えるんだけどな。どうにか、鑑定させてくれないかな？

——その時。

「っ——‼」

「マイロ‼」

不意に、マイロくんが椅子から前のめりに落ちて、うずくまった。

苦しそうなうめき声。額には大粒の汗が浮かんでいる。

——どう見ても普通じゃない！

「マイロ！　お薬は⁉」

「ぽけっ、と、の、なか、に……」

マルリアが手を突っ込んで、白いケースを引き上げる。

白い粒を二つだけ握り締めて、マイロくんの口に押し当てた。

リリが迅速に水を運んでくる。

「お水です！」

「ベッドも整えたわ！　寝かせるのなら手伝うわよ⁉」

「——ありがと！　フィオランさんは足の方を！　あんたは頭から脇の方に手を入れて支えて！」

やっとの思いで薬を呑むマイロくんの姿を見届けてから、フィオランと息を合わせて持ち上げる。

「このままの向きで寝かせるぞ」

「分かったわ」

頭を揺らさないように。できるだけ負担がかからないように……

はぁ、はぁ、はぁ、と苦しそうな音を間近で聞きながら、ベッドの上へ。

枕に頭を落ち着かせると、ほんの少しだけ、呼吸音が落ち着いたように聞こえた。苦しそうだけど、マイロくんの手を握るマルリアの表情も、少しだけ和《やわ》らいだ。

「マルリア。弟くんの発作はいつものことなのか？」

「……えぇ、最近は特にね。原因不明なの。発作が落ち着くまで待つしかないって言われてるわ」

「そうか……」

原因不明。だとすれば、さっき呑ませた薬も、気休め程度のものなのだろう。

苦しそうに目を閉じるマイロくんに視線を向けたあとで、リリを見る。

――鑑定するぞ？　いいな？

俺の意志を察して、リリはこくりと頷いてくれた。

「悪い。少しだけ場所を空けてくれるか？」

マルリアを押しのけるように、右手をマイロくんの額へ。そして左手を胸の上に載せる。

「ちょっと、いったい何を――」

「少しだけ集中させてくれ。俺なら、何か分かるかもしれない」

「――っ!!」

常識外れ。軍事機密。リリたちに散々言われた鑑定魔法だからな。

医者のように人を診《み》ることはできないけど、人を視《み》る方は得意なはずだ。たかが鑑定じゃ何も分からないかもしれないけど、何もしないよりはいい。

そんな思いを胸に、右手から魔力を流してマイロくんの脳の中へ。左手からは心臓へ。

「――魔力が吸われる!?」

今までに感じたことのない感覚に、思わず手が止まった。

――魔力の流れがおかしい！

「どうしたの!?　何か分かったの!?」

「……あぁ、なんとなくだけどな。悪いけど、もう少しだけ待ってくれ」

「え、えぇ！　分かったわ！　……マイロをお願い」

「任された」

正直な話、何も分かってない。だけど、マルリアを不安にさせても仕方ないからな。

冷や汗が流れ落ちる感覚を心の奥底に閉じ込めて、マルリアに微笑みかけた。

得体の知れない何かに魔力を向けて、鑑定するべきか？　得体の知れない何かに魔力を吸われないように抵抗してみるか？

……いや。なんとなくだが、どっちもまずい気がする。

得体の知れないものには、できる限り触れない方がいい。

「だったら。全体の鑑定をやめて、魔力に絞る。それがいいな」

自分に言い聞かせるように口に出して、軽く目を閉じる。大きく息を吸い込んで、額に当てていた手を心臓の上に重ねた。

得体の知れない何かに吸われても大丈夫なように、大きな魔力を。それでいて、弱った体に害がないように、慎重に精密に。

薄まっていく感覚に冷や汗を流しながら、魔力の線を心臓の奥に届かせる！

【名　前】マイロ・アルストロ（10歳）
【状　態】魔力量：0／20
【能力値】魔力：8（E）『-15』

――魔力がマイナス!?

魔力量がゼロなのも気になるが、体調不良の原因はこれだろう。

マイナスを消せば、何かしらの変化が起こるとは思う。だが、どうやってマイナスを――

「……マイナスを、消す？」

いや、違うな。魔力をプラスにする！

マイナスを消さなくても、外から与えてプラスに！

「――リリ!!」

慌ててリリの方を振り向いて、彼女が何度も読み返していた支援魔法の本に目を向ける。

そこには確か――

「〈魔力補助〉って項目があったよな!?　できるか!?」

「え？　えっと、はい！　たぶんですが、できると思います！」

「やってくれ！　魔力を支援すれば、マイロくんの症状が改善すると思う!!」

「「!!」」

マルリアが信じられないものでも見るような目を向けてくる。だが、今はそれに構っている余裕はない。

「分かりました！　やってみます！」

ぐっと手を握ったリリが、初心者用の本を引っ張り出して、杖を手に取る。

誰もが不安そうに見つめる中で、杖の先を天井に向けた。

「魔力を通して、普段よりも多い量を杖の先端に……」

「やる時は、一気に内部まで届かせなきゃダメだ。別の場所に魔力を吸われるぞ」

「分かりました！」

リリの魔力が、彼女の体内に渦巻いていく。

高めて、集めて、杖の先端へ。

ふー……と大きく息をして、杖の先をマイロくんの肩に触れさせた。

「〈魔力補助〉を起動します！」

普段よりも緊張を含んだ固い声。

魔力が得体の知れない何かに吸われたのか、リリが大きく目を見開く。

【名　前】マイロ・アルストロ（15歳）
【状　態】魔力量：0／20
【能力値】魔力：8（E）『＋3』『-14』

それでも、無事に成功させてくれたらしい。

「……マイロの顔色が！」

「ずいぶんとよくなったな」

全体としてはまだマイナスだけど、ほんの少しだけ落ち着いたように見える。

マイナスの数値自体も15から14になっている。時間とともによくなるって話だからな。

「リリ。効果が切れる三十分後に、もう一度かけられるか？」

「もちろんです！　全力で頑張ります！」

そんな俺たちの会話を、どこか輝かしいものでも見ているかのような表情でマルリアが聞いていた。


そうして、マイロくんが倒れてから一時間。

「すみません。ご心配をおかけしました」

申し訳なさそうに笑いながらも、普通に話ができるくらいには回復していた。

「いや、問題ないよ。顔色もずいぶんとよくなったみたいだね」

「ありがとうございます。アルトさんとリリさんのおかげです。フィオランさんにも、お世話になりました」

こうしている分には、後遺症なんかもなさそうに見えるな。

本調子って感じでもなさそうだが、ずいぶん落ち着いたように思う。

「ちょっと見させてもらってもいいかな？」

「はい。よろしくお願いします」

詳細は伝えてないけど、鑑定についてはそれとなく感付いているらしい。

無理に隠しているわけでもないし、当たり前か。

【名　前】マイロ・アルストロ（10歳）
【状　態】魔力量：120／120
【能力値】魔力：8（F）『＋3』『-5』

マイナスの数値も一段と減って、魔力量も回復してきた。

問題は、発作の原因らしい得体の知れない何か、なんだが。やっぱり、その方向に魔力を向けたらダメな気配を感じるんだよな。

「マイロくん。この辺に、何か不思議な感覚ってないかな？」

心臓と左足の中間。大腸か小腸がある辺りに、流した魔力を吸われている気がする。

「ごめんなさい、何も……」

「そっか。まぁ、そうだよな」

見たところ魔法関係の訓練は受けていないように見えるし、魔法関連の数値も低い。

現状じゃ、本人が感知できなくても仕方ないか……

【名　前】マイロ・アルストロ（10歳）
【素　質】斥候《せっこう》：B　短剣術：B　支援技術：B　鑑定魔法：C

魔法関係で高いのは、俺と同じ鑑定か。

本当なら、斥候や短剣の方が高いから、同じような素質を持つベラルト少佐に頼みたいんだが、あの人はまだドラムド王国にいるだろうからな。それに、鑑定なら一応は俺が教えられる。

「マイロくん。魔力を増やす訓練をしてみないかな？」

「え……？」

「魔力の量を増やせば、もしさっきみたいな発作が起きても、苦しさは減ると思うんだ」

ひとまずの目標は、魔力値15。そうすれば、リリの支援なしで-15をカバーできるようになる。

「減るんですか……？　苦しさが？」

「そう思うよ。リリの支援魔法で苦しさが減ったならね。同じような効果は期待できる」

それと同時に、違和感の特定にも近付くだろう。

焦らせてもいいことなんてないから、そっちを伝えるのは追々だが。

「やるか、やらないかは、マイロくん次第だよ。どうかな？」

「……頑張れば、苦しく、なくなる」

ゆっくりと言葉を紡いだマイロくんが、ちらりとマルリアの方に目を向ける。

小さく頷いて、俺の方へと向き直った。

「やります。どんな特訓も耐えてみせます！」

「そっか。分かったよ」

そんなにひどい特訓をするつもりはないけどね。俺が鑑定を覚えた時みたいに、できなきゃ生き残れないような状況でもないし。

俺もチラリとマルリアに視線を向けたけど、止める気はないらしい。

不安そうには見えるが、見守るつもりかな。

「早速だけど目を閉じて。心臓に血液とは別の水みたいなものがあるって想像してみて」

幸いとでも言うべきか、鑑定魔法なら上半身に魔力を回すだけでできるからな。

違和感のある部分を避けられる。

「左の肩から首を上がって、左の目、右の目。右の肩から心臓に戻す。まずはそれを繰り返す訓練からだね」

やっていることは、瞑想《めいそう》に近い。

体を動かさなくて済むから、病《や》み上がりにはちょうどいいだろう。

「最初は分からないと思うけど、そのうち何かが回っているな、って感覚が出てくるよ」

「……何かが、ですか？」

「そう。焦らず、ゆっくりしたらいいからね。暇な時間を見つけて、って感じでさ」

正直、感覚を掴むまでに何日かかるかは分からないけど、できない、ってことはないと思う。

Ｃランクの素質はあるみたいだからな。

「頑張りすぎてもいいことなんてないよ。自分のペースで、無理はしないこと。いいね？」

「分かりました。頑張りすぎないように、姉さんに見ていてもらうことにします」

「うん。そのくらいがちょうどいいと思うよ」

もし鑑定ができるようになったとしても、俺みたいな無茶はダメ。

だが、もっと高い素質を放置するのも、もったいないよな。短剣術と支援技術は望み薄だけど、斥候なら魔法系の訓練もあるだろうし。

「リリ。頼んでばかりで悪いけど、斥候系の本がありそうな場所に案内してくれないかな？」

「斥候、ですか？」

不思議そうな顔をしたリリが、マイロくんに視線を向ける。

もう一度俺を見て、ふわりと笑ってみせた。

「本当に、アルト様らしいです」

「ん？」

意味が分からずに首を傾げていると、今度はフィオランから声が飛んだ。

「その子は、アルトくんの部下じゃないのよ？　人助けだから、って言うのは分かるんだけど。お姉さんたちとの約束覚えてる？」

「……できるだけ、秘密はバレないように」

「うん、その通り。あとは、お姉さんもリリちゃんと同感かなー。今のアルトくん、すっごくアルトくんらしいわね～」

あの、それは、どういう意味でしょうか……けなされてるのか、褒められているのか、呆れられているのか。バカにされてはいない、と、思うんだけど……

「行きましょう、アルト様。案内します」

「……うん。よろしくお願いします」

本当に申し訳なく思いながら、リリのあとについていった。

☆★☆★☆

持ってきた斥候の本にも、〈魔力察知〉だとか〈気配隠蔽《いんぺい》〉だとか、魔力を鍛える項目がいろいろとあったんだが……

「ダメに決まってるじゃない！　激しく動くのは禁止よ！　数日はおとなしくしてて！」

マルリアの一声で、斥候関連のことは本を読むだけになった。

どっちにしても、魔力を吸い込む箇所をどうにかしないと、覚えるのは難しいと思うけどさ。

そんな感じでいろいろとって言うにはハードすぎることがあって、話は本題に戻る。

「まずは、あんただけに詳しい話をするわ」

「ん？　リリたちにはあとで教える、ってことか？」

「ええ。それが上司の仕事でしょ？」

「……まぁ、そうかもな」

二度手間な気もするけど、上司が考えをまとめて伝えた方がいいって言うのも理解できる。

多少は漏れて聞こえるかもしれないが『そこまで大事にしなくてもいいだろう』ってことで、部屋の端の方に離れる程度で落ち着いた。

リリたちは、ベッドの周辺で魔力の訓練を続けるつもりらしい。

「立ったままでいいわよね？　最初に言っておくわ。弟を助けてくれたみたいだし、一応、命令は聞く。けど、私はあんたの部下じゃないんだから、勘違いはしないでよね！」

ふん！　なんてマルリアが顔を背けるけど、マイロくん曰く、ライバルに対する態度って話だからな。命令系統とか、足の引っ張り合いだとか、そのへんは大丈夫だと思う。

――だけど。

「マルリアも、内容を聞いたんだよな？」

「もちろんよ。子供ばかりを狙う変態の息の根を止めればいいのよね？」

「……まぁ、な。俺もそう聞いている」

この優しそうな子に、今回の任務が務まるのか？　どうしても、そう思ってしまう。

相手は、人間。その手の不安は、リリやフィオラン、俺自身もだけどさ……

「なんて顔してんのよ。安心しなさい。私は経験者だから」

「……え？」

「子供を狙うような変態が相手なんでしょ？　たとえ任務じゃなくても躊躇しないわ」

奥歯を噛み締めた彼女が、悲しい何かを思い出すような瞳を天井に向ける。

「詳しくは言わないけど、父親だった人を刺して、正当防衛が認められたのよ」

「……そうか」

嘘ではないのだろう。

この子は、俺たちが失敗しないための補佐役。少佐たちが送り込んだ保険。

そんな面白くもない嘘を言うような子だとも思えないしな。

――実力主義の国、か……

「そうだな。もしもの時は、頼りにさせてもらうよ」

「えぇ、任せておきなさい。私が誰よりも優秀だって、認めさせてあげるわ」

ふわりと笑ったマルリアが、殺伐とした表情を消して、手を差し出してくる。

これじゃ、どっちが年上か分からないな。なんて思いながら、俺はその小さな手を握り返すことしかできなかった。

軍に関わった時間はこの子の方が長い。深い経験もあるのだろう。だけど、十歳近く離れた子に頼りっきり、ってのは、さすがにな。

「より詳しい話を聞かせてもらってもいいかな？　ルドルフ少佐からは、概要くらいしか聞いてなくてさ」

「でしょうね。あの人、そういう面倒なのが好きなのよ」

ん……？　どういう意味だ？

「私から情報を聞き出すのも、任務の一部。正しく言うのなら、少佐が仕掛けた保険ね。あなたが一人で飛び出さないようにするための情報操作よ」

「……なるほどね」

要するに、俺一人では殺人犯を探せない仕掛け――いや、少佐の性格を考えると『情報がなくても探せるのなら、一人で探してもいいですよ』ってことか。

「ちなみにだけど。あなたが持ってるその紙。それを現場に持って行かないと、処罰される決まりなの」

つまり、俺とマルリアが揃わないとダメ、ってことか。

マルリアの話を聞く限りだけど、これって、ルドルフ少佐個人の仕掛けなんだろ？　軍全体の決まりとかじゃなくて。

「やっぱ、少佐の地位にある人間ってのは、怖いな」

ベラルト少佐にスカウトされた時も、ルルベール少佐に会った時も思ったけどさ。

「なんかもう、手のひらの上で、転がされてる気しかしないな」

まぁ、元上司の百倍いいけどさ。理不尽な命令はないし、報酬もいっぱいもらえるし。

「何言ってるのよ。あんたも同じようなものじゃない」

「……え？　俺？」

「そう。あんたも同類じゃない！」

どうるい？　俺が？　あんな少佐たちと!?

「魔法とか技術の差は知らないけど、上に行く雰囲気？　そんなのが一緒よ……顔は、あなたがダントツで間抜けだけどね。自覚はあるかしら？」

小さく微笑んだマルリアが、俺を挑発でもするかのように、腰まである髪をふわりとなびかせて、ベッドの上で座禅を組むマイロくんに目を向ける。

俺とマルリアが打ち合わせを始めて数十分。

その間もずっと、リリやフィオランと一緒に、鑑定の訓練を続けていたらしい。

「これも家庭の事情なのだけど、マイロが私以外を信用するなんて、今までなかったもの。横にいる二人も、あなたをずいぶんと信頼しているように見えるわ」

視線に優しさをにじませたマルリアが、軽く目を閉じる。

「この人は信用できる、一緒に戦いたい。そう思わせるのって、なかなか大変なのよ？」

「それは、まぁ。そうだと思うけど……」

リリやフィオランに関しては、彼女たちのそれまでの待遇が悪すぎただけだからな。

マイロくんに関しても、鑑定がたまたまうまく行っただけ。ほんの少しくらいは信用してくれているとは思うけど、三人とも、俺の実力じゃないしな。

「またその顔ね。もっとビシッとしなさい。あの子たちの上司なんでしょ？　まぁ、私はあんたのことなんて、全然信じてないけどね！」

ふん！　なんて、顔を背けたマルリアが、クスリと肩をすくめて見せた。

「少佐のことはもういいわよね？　話を戻すわよ？」

「あ、あぁ。そうだな。マルリアの方は、どんな話を聞いたんだ？」

「そうね。まずは概要から話すわ」

そう言ったマルリアが、がま口のポシェットをパチンと開いて、折り畳まれた紙を取り出した。

『三月二十四日、連続通り魔事件が発生。被害者が十人を超えた段階で、主導権が、警察から軍に引き継がれた』

「十人、か……子供ばかり、って話だったよな？」

「ええ。そう聞いてるわ。年齢は十歳から十六歳。みんな、夕暮れ時に刃物で刺されたそうよ」

現在の時刻は、十五時二十八分。残り二時間ってところか。

「初日から三日連続の犯行。その最後の日から四日あけて、三日連続。七日あけて四日よ」

三日、四日、三日……

規則性があるようには見えないが、そう決め付けるのも危険だな。

「今日も誰かが襲われれば、五日連続。そういうことだな？」

「ええ、その通りよ。けど、五日連続はないわね。私が今日中に捕まえるもの」

当たり前のことのように淡々と言葉を紡いだマルリアが、手元の紙を折り畳む。

「私が必ず、この手で……」

小さくなった紙がぐしゃりとゆがみ、握った拳が震えていた。

焦り、不安、後悔。そんな負の感情ばかりが、彼女の中で混じり合っているように見える。

——過去に何かあったのか？

そうは思うけど、土足で踏み込むのは、やはりな……

鑑定を使えば気付かれずに知ることができると思うが、やめておこう。

リリたちとの約束とかは関係なく、人として気が引ける。

「捕まえるのは、私たち。そうだろ？」

「……そうね。仕方がないから、そういうことにしてあげるわ」

「あぁ、よろしく頼むよ。そうじゃないと、俺の立つ瀬がないからな」

「一応は、幹部候補だものね」

「そういうこと」

よかった。俺の軽口に笑うだけのゆとりはあるんだな。

それにしても、家庭の事情、か……やっぱり、マルリアかマイロくんが、自分たちから話してくれるのを待つのが一番いいんだろうけどな。

とりあえず今は、任務が最優先か……

「被害にあった場所は聞いたか？」

「えぇ、一応ね。普段は人のいない裏道ってこと以外は、見事にバラバラね。共通してるのは、ナイフの刺し傷と犯行時間だけよ」

……手掛かりが少なすぎるな。子供ばかりを狙う犯人の意図も不明だが、自分たちがどう動くべきなのか、仮の方針も決まらない。

現場を鑑定させてもらえれば、何か分かるかもしれないが、現状じゃどうにも……

「ここまでが、警察から持ち込まれた話。次の現場は、南門近くの裏路地。そう聞いてるわ」

「は……？　次の、現場？　それってあれか？　次の犯行現場、ってことか？」

「そうみたいね。ルルベール先生が特定したそうだから、多分正解よ」

次の現場が分かっている？　ルルベール少佐が、特定？

「……どうやって、特定を？」

「私が知るわけないでしょ。しいて言うなら、少佐だから？」

いや、わけ分かんねぇ。ルドルフ少佐ならまだ納得もできるけど、ルルベール少佐だろ？

あの人、筋肉専門、って感じに見えたんだが？

「その間抜け面で考えてることがなんとなく分かるのだけど、たぶん、本人じゃないわよ」

「……と言うと？」

「察しが悪いわね。ルルベール先生の部下が、場所を特定したのよ。あなたがあの二人を育ててるように、先生たちにも優秀な部下がいるの」

まぁ、それもそうか。あの人自身は筋肉主義だけど、部下の育成も上手そうに見えたしな。自分を補佐してくれる部下を育てていてもおかしくはないのか。

「なんとなく理解したよ。俺たちはその現場に行って、犯人を捕まえればいいんだな？」

「そういうことよ。それと、これはあなただけに開示が認められた内容なのだけど」

小さく目を伏せたマルリアが、首を横に振り、リリやフィオランに視線を向ける。

「大人の気配が周囲にあると、犯行を諦めて逃げるそうよ。いろいろとシミュレーションした結果が、私とリリみたい」

大人じゃ、逃げる？　マルリアとリリ？　……それってつまり!!

「理解したみたいね。私たちが囮《おとり》になって、犯人を捕まえる。悪くない作戦だと思うわよ。私もリリも、ついでにあなたも、見た目は弱そうだもの」

「……いろいろと腑《ふ》に落ちたよ。フィオランはここに残ってもらった方がいいんだな？」

「そういうことよ。いろいろ残念に見えるけど、一応、『大人の分類』って聞いたわ。それと、その顔はやめることね。私たちは、自分の意志でやってるの。頑張ればそれだけ幸せになれるのよ」

「実力主義だもんな。分かってはいるさ」

犯人を野放しにできないことも、少佐たちが考えた作戦が理にかなってることもな。

俺の感情なんかより、市民の安全が優先。正しいのは、少佐たち。そう思う。

勝手に落ちていく感情に活を入れて、大きく息をする。

マルリアのサイドテールが、目の前で小さく揺れていた。

「ちょっとはマシになったみたいね。何よ、そんな顔もできるんじゃない」

「まぁ、人生いろいろあったからな」

みんなが、無能な上司や貴族の言いなりになるしかなかったあの頃とは違う。リリたちは、守るべき子供じゃなくて、苦楽を共にする仲間。そう思い直して、小さく笑って見せた。

何をするにしても、彼女たちの意見を聞いてから。

そんな思いを胸に瞑想を続ける三人の元へ行き、言える範囲で仕事の概要を説明すると、リリが嬉しそうに目を輝かせた。

「こんなに大きな仕事をもらえるなんて、さすがはアルト様です！　私も一生懸命頑張ります！」

心の底から喜んでいるような、そんな微笑み。やっぱ、俺なんかより、何倍も強いな。

そう思いながら、黙り込むフィオランに目を向ける。

「ねぇ、アルトくん。お姉さんは、ここに残るのね？」

「あぁ。病み上がりのマイロくんを一人にするのもマズいからな。何かあった時のためにも、フィオランはここに残ってほしいんだ」

とっさに出た言い訳だけど、あながち嘘でもない。

何かを言いかけて言葉を呑み込んだフィオランが、目を伏せたまま、マイロくんの方へと向き直る。そしてなぜか、両手を大きく前に突き出して、マイロくんの手を捕まえた。

「お姉さんは、この子のお姉さんをしていたらいいのよね!?」

ぶんぶんぶん、と両手を上下に振りながら、フィオランが目を輝かせる。

口調がしっかりしているから忘れていたけど、この子、十歳だもんな。自称お姉さんの血が、騒いでもおかしくないのか――というか、お姉さんをする、ってなんだよ？　なんとなく分かるけど、分かりたくないというか、なんというか……

「あー……うん。マイロくんをよろしくな？」

「うんうん！　お姉さんに任せて！」

目を輝かせる姿を見ていると、どうにも不安しか感じないんだが？

マイロくんも、すげぇ嫌がっているように見えるし。

「あの～……お手柔らかに、お願いします」

「分かったわー！　お姉さんが、お姉さんしてあげるからねー！　お姉さんに任せてー！」

なんかもう、お姉さん、お姉さん、聞きすぎて、意味分かんなくなってきた。

案の定、とでも言うべきか、本物のお姉さんは御立腹らしい。

「マイロ！　その変態に何かされたら、全部私に言いなさい！　軍法会議で徹底的に裁いてあげるわ！」

「落ち着いてください、マルリアさん！　そんなに心配しなくても、フィオランさんなら大丈夫ですよ！　……たぶん」

「たぶん!?　たぶんって何よ!?　余計に不安になるじゃない！」

わいわい騒ぐ三人には、はじめての任務に対する緊張なんて、ないらしい。

全員が普段通り。ほんと、頼もしい仲間たちだよ。

そう思いながら、マルリアをなだめて、マイロくんを励まして。フィオランを隔離して。

「それじゃあ、マイロくん。フィオランの面倒を頼んだよ？」

「はい！　僕に任せてください！」

最終的に、そうなった。

フィオランは不満そうに唇を尖らせているけど、文句は呑み込むつもりらしい。

そこだけは、ギリギリお姉さんかな。なんて思いながら、二人を残して、与えられた部屋をあとにする。

（みんな無事に帰ってくる。そう信じて、マイロくんと待ってるからね）

閉じていくドアの向こうから、そんな声が聞こえた気がした。

☆★☆★☆

「現場は南門の近くだったよな？」

「えぇ。足を引っ張るんじゃないわよ？」

「そっちこそ」

ふわりと笑って、窓の外に目を向ける。

日はさらに傾いて、夕刻まで残り一時間程度。

【名　前】リリ（15歳）
【状　態】魔力量：18／51

支援魔法は、使えても一回だな。

鍛えている中で最も効果があるのが、〈パワーアップ〉と〈スピードアップ〉。

使ってもらうのは、そのどっちかだとは思うが、問題は、いつ、誰に使うのか。

「まずは互いの戦力を知らないとな。マルリアの実力を見せてもらうことってできるか？」

「……そうね。あんたの力はマイロの時に見せてもらったし、私も見せないと不公平よね」

そう言ったマルリアが、歩く速度を保ったまま、がま口のポシェットを開いて、小さなナイフを二本取り出した。

【名前】はじめてのダブル・ナイフ
【ランク】E
【価格】980エン

決して高くはないナイフだけど、手入れは行き届いているらしい。使い込まれた雰囲気が、彼女の練習量を物語っているようにも見える。

「動きなんかは、移動しながら見せるわ。言っとくけど、指示をするのは私よ！　それだけは絶対に譲らないから！」

ナイフを握る彼女の瞳が、自分の手を睨みつけるように見下ろしている。

そのまま歩みを止めずに、街の中を進んでいくのだが。軍の訓練施設を出れば、周囲はどこを見ても、人、ひと、ヒト……

「ちょっと。そっちじゃないわよ!?　南門の近くって言ったじゃない！　ほんと、世話が焼けるんだから」

なんて、俺の腕を引いたマルリアが、頬を膨らませていた。

いや、でも、仕方ないだろ？　この国に来て、まだ数日。というか、街に出るのなんて、フィオランと知り合った時以来だから、二度目か？

それに、こんなにも人が多いと、人に酔って気持ち悪く……

「アルト様？　南門はこっちですよ？　あのお婆さんが売ってるブリのクリームコロッケが欲しいのでしたら、私が代わりに……」

「いえ、違います。ごめんなさい」

リリにまで、不思議そうな目をされてしまった。いや、ほんと。申し訳ない……

早急に、この辺の地図なんかを鑑定して、大通りくらいは把握しますので、ご容赦ください――というか、本当に人が多いよな。活気があるというか、元気があるというか。

「いい街だよな、ここは」

「……何よ、突然。急に真面目な顔しちゃって」

「アルト様が産まれた街よりもですか？」

「あぁ。俺が元居た場所とは比べものにならないよ。帝国に住み始めてまだ数日だけど。俺は、この街の方が好きだな」

だからこそ、今回の任務を引き受けた部分も、少なからずあると思う。

恩返しや、正義感なんて格好いいものではないけどね。

「住まう環境を壊さない。もっとよくしよう。そう思うよ」

部屋にあるゴミを掃除する。そんな自分勝手な感情だな。

「ふ～ん。まぁ、私の邪魔をしなければ、なんでもいいんだけどね。って、そっちじゃないわよ……それで？　私の実力は見なくていいの？」

ん？　あー、そういえば、そんな話もしていたな。

隣を歩いている感覚としては、問題ないと思うけど、せっかくだ。

「よろしく頼むよ」

「分かったわ」

小さく息を吸ったマルリアが、人混みを縫うように駆け出していく。

「あら？　軍人のたまごさん？　訓練中かしら？」

「若いがにがんばっとるちゃね。きときとの冠《かん》ブリで、休憩してかんけ？」

「えっらい、めんこい子やねぇ」

どうにも、注目を集めているけど、誰かにぶっかったわけでもない。

水が岩場を流れるように、って言ったら大袈裟だけど、技量としては十二分だろう。

全力で走るような速度に、人を避ける身のこなし。少なくとも、俺には無理だな。

「マルリアさん、やっぱりすごいですね」

「やっぱり、ってことは、クラスの中でも優秀だったのか？」

「はい。ずっとクッキー組でした。でも、本人は納得できなくて『一位じゃなきゃダメなのよ！』って、泣きながら特別訓練をしてた印象が強いですね」

初めて会った時も『あんたたちより私の方が優秀だって、絶対に認めさせてやるんだから！』って言っていたもんな。

家庭の事情。弟くんの病気。彼女にも、いろいろあるんだろう。

――ってか、マルリアの奴、どこまで行ったんだ？

人混みの中を走っていって、それから……あー、いたな。

「もにゅもにゅ……ごっくん。遅いのよ、あんたたち！」

「あー、悪い。ちょっと考えことをしていてさ」

「へぇー、もにゅもにゅ……私だけ先に行って、もにゅもにゅ、捕まえてやろうかと、もにゅもにゅ、思ったわよ！」

「……待っていてくれてありがとう。それで？　その手の中にある物は？」

「冠ブリのお刺身。もにゅもにゅ、お婆さんが、差し入れだって言うから、もにゅもにゅ。あんたたちも食べる？」

「あー……うん。いただくよ」

というか、走り抜けている間に何があったんだ？　あっ、うまいな、これ。

「マイロの分は、終わってから取りに来いって言われたわ。あの変態の分も、その時ね」

「あー……そうだな。帰りも寄るか」

本当に、人混みをただ走り抜けただけだよな!?　なんかもう、この子に対しても恐ろしさしか感じないんだが!?　……うん。まぁ、ひとまず、刺身のことは忘れよう。

「すごい技術だったよ。素直に驚いた」

鑑定を自粛していたのが、逆によかったのかもしれない。

下手に知ってしまえば、目の前の現状よりも、数値に意識を持ってかれるからな。彼女が持つ技術を純粋に評価できたのは、よかった気がする。

「……ふふん！　私にかかればこんなもんよ！　当たり前じゃない！」

嬉しそうに胸を張る姿を見ると気が引けるけど、ダメな所もしっかり指摘しないとな。一応、立場としては、俺の方が上らしいし。

「あとは、周囲に気付かれないようになれれば満点かな」

「……言われなくても、分かってるわよ」

案の定、顔を背けて、頬を膨らませてしまった。

「お醤油もすっごく美味しいです！」

冠ブリに舌鼓を打つリリをしり目に、マルリアが、ビシッと指をさす。

「次はあんたよ！　幹部候補らしいところを見せなさいよね！」

「え……!?　マイロくんの時に見せてもらったって、さっき——」

「しっ、知らないわよ！　いいから見せなさい!!」

……どうしてこうなった？

あれか？　悪い部分を指摘したのが悪かったのか？

立場が上だから、とか。指摘しないとだめだ、とか。俺らしくないことをしたから!?

「アルト様！　せっかくなので、すっごいお手本を見せてあげてください！」

え？　あれ？　リリも、いつの間にか、そっち側ですか……？　というか、マルリアの期待を煽るようなことを言わないでほしいんだが!?　俺があの速度で人混みを進むのは無理だぞ!?

――というか、実力のない人間が、実力を見せる、ってどうしたらいいんだ⁉

「……まぁ、できるだけ頑張ってみるよ」

やれるだけのことはやろうか。マイロくん用に集めた斥候の本を鑑定したおかげで、知識だけはあるし。鑑定を逆流させれば、斥候の〈隠密〉に似たことができそうなんだよな。

とりあえず、その方向で試してみるか。

逆回転、逆回転……

「あるとさま？」

「あなた……それ……」

なぜか二人が驚いたような表情を浮かべているけど、魔力の制御に精一杯で、それどころじゃない。

自分の中の手応えとしては、悪くないと思うんだけど、どうだろう？

「行ってくるよ」

そう声をかけてから、人混みの中へ。

早歩きくらいの速度で、人々の隙間を縫うように進むけど、誰も俺を見てないな。

手応えも悪くはないし、一応は成功か……でも、結構しんどいなこれ。

鑑定なら一瞬で終わるのに、ずっと逆回転させ続けなきゃいけないし……

慣れ親しんだ流れだから、それなりに維持はできそうだけど。半日も続けたら、ぐったりだろうな。

「とりあえず、戻りますか」

試しに声を出して見たが、周囲の人が不思議そうに首をかしげるだけで、俺の方に視線を向ける者は、誰もいない。

普通の生活じゃ使い道なんてないけど、狩りなんかじゃ便利かもな——というか、今思い返すと、無能な貴族様を接待した時にも、同じようなことをしていたような気が……するような、しないような。

「あの時は、生き残るために必死だったからな」

思い出したくない記憶だから、曖昧にしか覚えてないし。本当に、地獄だったもんな……

そんなことをぼんやりと思い出しながら、リリたちの元に帰り、不安そうに周囲を見渡すマルリアの肩をポンと叩く。

「どうしたんだ？　そんなに——」

「ひゃっ!?」

ビクン、と体を跳ね上げたマルリアが、軽く腰を落としながら、ポシェットのナイフに手を伸ばしていた。

慌てて彼女の手首を掴んで、ナイフから遠ざける。

「まてまて！　俺だよ、俺！　悪い。脅かすつもりはなかったんだ」

「びっくり、したじゃない……連続、犯が、って……わた、し、刺されたって……」

……どうしよう。マジ泣きなんですが。肩をトントンしただけですよ!?

そんな思いを胸に立ち尽くしていると、リリが、マルリアの髪を優しく撫でていた。

「アルト様は、何をするにも無自覚なんです。悪気は本当にない方なので」

「……ん……分かってる」

なんか、本当に、ごめんなさい。

あとあれです。美少女が美少女をなぐさめている姿は、非常に絵になるのですが、そのせいで注目を集めています。でもって、周囲から、『あの男が悪さをしたのか？』『警察呼ぶ？』って感じの視線が降り注いでいます。

どう考えても、このままじゃマズいよな!?

「ふっ、ふたりとも、先を急ごうな？　時間もそんなにないし。な？　いいよな？」

「えっと、私はいいのですが……」

「ん……行く……」

そうして、逃げるように人混みを進みはじめると、リリがマルリアの手を引いて後ろを付いてきてくれる。人が多いお陰で、周囲の人々もいつの間にか撒いたらしい。

なんかもう、命拾いした気分だ。

「……やっぱり優秀よね」

「ん？」

本当に小さな声だったけど、マルリアの声だったよな？

そう思って振り向いた先に見えたのは、頬を膨らませるマルリアの姿。

「なっ、なんでもないわよ！　あーもぉー!!」

彼女はそう叫び、両手を大きく前に突き出した。

そのまま俺の背中に触れて、前へ押し出していく。

「さっさと歩きなさい！　早く現場に行くんでしょ!?　時間ないわよ!?」

「あ、あぁ、そうだな……」

なんとも釈然としないけど、実力は見せられた、ってことでいいんだろうか？　鑑定を逆流させただけだってバレて怒ってる……って感じでもないよな？

そう思っていると、俺の隣に並んだリリが、嬉しそうに顔を見上げてくる。

「さっきのすごかったです！　アルト様が見え難くなってました！」

「そっか、成功していたか」

「はい！　それに！　世間に知られても『すごい人がいるな』で済ませられるレベルでした！　隠さなきゃ過労死するレベルじゃなかったです!!」

…………えーっと？

「アルト様の無自覚の中で、初めてです！　私、ほんの少しだけ安心しました！」

「……あー、うん。それはよかったね？」

「はい！　ありがとうございます!!」

リリが、目を輝かせていて可愛いのはいいんだが。これ、誉められているのか？

「――っと、そろそろね。あんたたち、無駄口は終わりよ」

不意に足を止めたマルリアが、正面の大きな門を見上げたあとで、右手に延びる細い通路に目を向ける。

周囲はすでに赤く染まり始めていて、時刻は十七時。

どこまでも続いていそうな、その小さな通路が、不気味に笑っているように見えていた。

☆★☆★☆

「あんたたちは、後ろから隠れて付いてきなさい。さっき見せてもらった技術があれば、そのくらいできるでしょ？」

「いや、それは――」

「異論は認めないわ！　消える技術は上手いけど、戦闘の技術や経験なら私が上。違う？」

「…………」

違わない。俺ができるのは、魔力操作だけだ。

どっちみち、子供ばかりを狙う犯人に対しての囮にはなれない。

反論の余地は、どこにもないか……

「分かったよ。その代わり、リリの支援魔法を受けて、危険を感じたら逃げると約束してほしい。それが条件だ」

「……分かったわ。一応、あんたの立場も立ててあげる」

「決まりだな」

問題は、〈スピードアップ〉か〈パワーアップ〉か、なんだけど……

「リリ。〈スピードアップ〉を頼めるか？」

「分かりました！　任せてください！」

犯人の撃退を優先するよりも、万が一の時に、逃げられた方がいい。

その判断で間違ってないよな？　大丈夫。大丈夫なはず……

「……あれ？」

「どうしたのよ？」

「あっ、いえ、大丈夫です。始めますね？」

「ええ。タイミングは任せるわ」

「分かりました」

リリが不思議そうに首を傾げているけど、何かあったのか？

「〈スピードアップ〉を起動します！」

そうは思ったけど、魔法は普通に発動したらしい。

「これって……」

呆然と杖を離したマルリアが、足を曲げて、伸ばして、軽く飛んで。

自分の手足を見下ろした彼女が、リリのいる方に体ごと向き直った。

「実力を隠していたの？」

「いっ、いえ！　アルト様に指導してもらった力です」

「……なるほどね」

二本のナイフを両手で握ったマルリアが、軽く振ってみせる。

「悪くない力ね。ありがたく借りるわ」

「はい！」

ナイフをポシェットに仕舞ってから伸ばした右手を、リリが嬉しそうに両手で握り返す。

ふわりと口元をほころばせるリリとは対照的に、マルリアはあせっているようにも見えていた。

「……絶対に、負けないから」

「え？」

「私の方が優秀なのよ！　勘違いするんじゃないわよ⁉」

「はっ、はい！　もちろんです‼」

マイロくんが言うところの『ライバルに対する喋り方』だったか？

リリのことをちょっとは認めてくれた、ってところかな。

「何よ、あんた。ニヤニヤして。気持ち悪いわよ？」

「おっと、悪い。自覚はあるから、許してくれ」

「……あんたも張り合いがないわね」

ふん！　と顔を背けたマルリアが、そのまま裏路地を進んでいく。

――ちゃんと付いてきなさいよ⁉

彼女の背中が、そう言っている気がした。

大きく息を吸い込んで、腹の中に溜まった緊張を息と一緒に吐き出していく。

「リリ、杖を」

「あっ、そうですね」

まだ大通りが近いから大丈夫だとは思うけど、念には念を入れて。

犯人がどこに潜んでいるとも知れないし、リリも見え難くしといた方がいいよな。

「違和感なんかがあれば、すぐに言ってくれるか？」

「えっと？　何かするんですか？」

「あぁ。逆回転の範囲を広げようかと思ってさ」

さっきは俺一人だけだったけど、今はリリも一緒だからな。俺一人だけが目立たなくなっても、仕方がない。

（リリ、聞こえるか？）

（はっ、はい！　今は聞こえてます）

ん？　今は？

（えっとですね。さっき、マルリアさんを支援した時は、聞こえなかったんです）

（……そうなのか？）

（はい。だから、どうしてかな？　って思ってたんですが……）

今は聞こえいて、マルリアの時は聞こえなかった……何か条件でもあるのか？

（分かりません。えっと、アルト様。マルリアさんが見えなくなっちゃいますよ？）

……それはまずいな。

（分析はあと回しで。できるだけ物音を立てないように、マルリアを追いかけるぞ）

（はい！　精いっぱい、頑張ります！）

っと、そうだった。杖を通じてリリと魔力がつながってるし、二人分をまとめて……

（アルト様？　なんだか――）

（っ!!　苦しいか？　気持ち悪かったりするか？）

（いっ、いえ、それは大丈夫です。えっと、自分の足音が普段よりも大きく聞こえて。なんだか、不思議な感じです）

（音が、大きく……それだけだな？）

（はっ、はい！　それだけです！）

だったら大丈夫かな。むしろ、隠密成功、って感じか。

（えっと？）

（さっき俺が見せた周囲に気付かれ難くするやつ。あれをリリにも使ってみた）

（……え？　私にも……？）

（あぁ。杖があるからできると思ってさ。なんとかなったみたいでよかったよ）

と思っていたんだけど。リリさん？　どうして涙目なんですか？

え？　マズかった？

（……アルト様。前言を撤回させてもらいます。アルト様の無自覚は、やっぱり、アルト様の無自覚でした）

（えー、っと……？）

（これも軍事機密です。過労死レベルの秘密に昇格しました）

……まじで？

（大真面目に言ってます！　要人の救出や、複数人での潜入調査などなど。他者にも使えるのなら、仕事がびっくりするくらい増えますよ）

（…………）

（後方支援が専門の人でも安全に運べる。現状がそれを証明しちゃってます）

それは……うん。確かに、そうかも……

（公表されますか？）

（いや、しません。過労死は嫌です）

（本当に、本当に！　よろしくお願いしますね！）

涙目で見上げてくる彼女に対して、俺は、深々と頭を下げることしかできなかった。

隠密行動については、一度、棚の上にあげておくことにして。リリの杖を握りながら、夕暮れの裏路地を進んでいく。

一応試したけど、隠れる技と鑑定は併用できそうになかった。

通常の魔力操作と、逆回転だからな。どう考えても無理だ。だから、どうしても、目や耳を使った警戒になるんだけど……

（怪しい気配はないな）

（そうですね。誰ともすれ違いませんし、私たちしかいないように見えます）

（だよな……）

ルルベール少佐の部下が、この場所が怪しい！　って特定したらしいけど、本当に当たっているのか？　俺の気配を感じて逃げた、とかじゃないよな？

（大丈夫ですよ。今のアルト様の気配が分かるのって、先生たちくらいだと思います）

（あー、やっぱ、少佐たちにはバレるのか？）

（確証はないですが、先生たちはすっごく特殊ですから。でも、普通の人なら絶対に見つけられないと思いますよ？）

だといいんだけどな……まぁ、とりあえず今は、そう信じるしかないか。

前を歩くマルリアを一人にするわけにもいかないし。

（それにしても、マルリアさんってやっぱりすごいです。普通に怖がっているように見えますよ）

（確かにな）

俺たちのように、恐怖で周囲を凝視しているわけじゃない。

身を小さくして、自分の中にある恐怖と戦っているような――そんな演技。

言ってしまえば、はじめてのおつかいの帰り道、って感じだな。

「ひぅ……」

サイドテールを揺らしながら涙目で曲がり角を進む姿は、実年齢よりもずいぶんと幼く見える。

何も知らずに今の彼女を見ると、『迷子かな？　お父さんとお母さんは？』なんて声をかけたくなる。その上で、犯人に対する警戒心を滲ませていないのだから、たいしたものだ。

（何をどうしたら、あの年齢で、あそこまで――）

――む!!

（アルト様!!）

（大丈夫。気付いているよ。嫌な気配がだだ漏れだな）

前を歩くマルリアも気付いたと思うけど、速度を変えることなく歩き続けている。

（リリはこのまま、マルリアを追いかけてくれ。俺は後ろから回り込む）

そう思ったんだが、俺たちが動くよりも先に、黒い大きなローブを羽織った人物が姿を見せた。

骨格を見る限り、男だと思う。

待ち伏せて襲うのかと思っていたのだが、姿を見せてどうするつもりだ!?

「だっ、だれ!?」

「通りすがりの殺人犯ですよ。お嬢ちゃん可愛いねー」

ふひひひ、と笑った男が、ローブの下からゴツいナイフを取り出した。

――どう見ても犯人だ!!

そんな思いで掴んでいた杖を手放して、マルリアの元へと走りだす。

（待ってください！）

不意に腰に手が回され、背中から抱き締めるようにリリが俺の体を止めていた。

（マルリアさんから、待機の指示が出てます！）

待機？　いや、それよりも、早く彼女の助けに入らないと！

（ポシェットを背後に隠しながら、指先でトントンしているのが見えますか？　あれって、学校で習う合図なんです。マルリアさんに、何か考えがあるんじゃないかと）

……………

（それにあの犯人なんですが、弱そうに見えませんか？）

まぁ、確かに。鑑定するまでもなく、ナイフの持ち方も身のこなしも素人にしか見えない。

「やっ、やめて……こっち、こないで……！」

「いいね、いいねー。いい声で鳴くねぇー。ふひひひ」

マルリアの怖がる演技を見抜けずに、心底楽しそうな声まであげているしな。

冷静に見れば、マルリア一人でも危険になることはないように見える。だけど、このまま眺めているだけって言うのも――

（マルリアさんの狙いが分かりました。この先にある行き止まりに誘導するから、そこで犯人を追い詰めてほしいようです）

（行き止まりに？）

（はい。二人で蓋をして、絶対に逃がすな、って言ってます）

（……了解）

どう見ても弱い相手だけど、自分一人で攻めることはせずに、万が一まで考える、か……

俺の方が、年上のはずなんだがな。

「やだ！　こないで！」

「ん～？　鬼ごっこ？　いいねー、おじさん、そういうの好きだよー」

足をもつれさせるように走り出したマルリアの背中を追いかけて、男が歩き出す。

どう見ても、殺人を楽しんでやがるな。

これまでも同じように殺してきたのかと思うと、殺意しか感じない。

（俺たちも行くぞ）

（はい！）

曲がり角を進んで。マルリアが、何度か転んでみせて。

「いやっ……なんで……」

男に追い詰められたような形で行き止まりにたどり着いたマルリアが、ペタンと地面に腰を落としていた。

「ん～？　鬼ごっこは終わりかな？」

「やめて……こないで……」

「そうだね、そうだね。最初は足を切ろうか。そしたら、もっといい表情に変わるからね。くひひひひ」

お尻を引き摺るように逃げるマルリアを男が追いかけて、行き止まりの奥へと入っていく。

その先は、三方が高い壁に囲まれた袋小路。唯一の出口は、俺とリリがおさえている。

「うんうん。まずは、そのスベスベの右足を――」

「汚い手で触らないでちょうだい」

楽しそうに歩き続けた男の右手に、いつの間にか、マルリアが握るナイフが突き刺さっていた。

「ぐっ――！　俺の手がぁあああああ!!」

「変態の叫び声なんて聞きたくないわよ。あなたは、黙って殺されるべきなの」

ナイフが刺さった手を押さえてしゃがみ込む男目掛けて、マルリアが飛び上がる。

顎を突き上げるような鋭い蹴りが入り、男が仰向けに転がった。

「かはっ……！」

一応意識はあるらしく、痛みにもがき苦しんでいる。

ゴツいナイフを俺たちの方へと蹴り飛ばしたマルリアが、左手にあったナイフを男の太ももに突き刺した。

「ぐぅぁああ、血が、血がぁああああああ」

「うるさいのよ！　あんたみたいな外道は、殺す価値すらないわ！」

もう一度、顔を蹴り飛ばして、ポシェットの中にあったロープで全身を縛っていく。

フィオランを縛っていた時よりもキツく、ほんの少しのゆとりもないように。

『こう見えて、ダメな大人を縛るのは得意なのよ』

そう言った彼女の言葉に、嘘や偽りはないように思えた。

初めはジタバタしていた男も、途中からは、無駄な抵抗だと悟ったんだろう。

モゴモゴとすら喋れないのか、フィオランの時よりもひどく静かだ。

「二人とも、出てきていいわよ。というか、いるのよね？」

「……悪い。見ていることしかできなかった」

「何を言ってるのよ。万が一の手助けを頼んで、その万が一がなかったのよ？　見ていただけなんて、当たり前じゃない」

それは、まぁ、そうなんだけどさ。本当にマルリアに任せっきりだったからな……

「だから、その顔はやめなさいって言ってるでしょ？　部下の前なのよ？」

「……それもそうだな」

隣にいるリリは、不思議そうに首を傾げているけど、上司が情けない顔をしていたらダメだからな。どの言葉をとっても、マルリアの言い分が正しいように思う。

「三人とも怪我なく終わってよかった。よくやったな、二人とも」

そう声をかけるのが、正しいんだよな？

「ふん！　私が手伝ったんだから当たり前じゃない。それとリリ。あんたの魔法、よかったわよ」

「ふぇ……？」

「聞こえなかったの？　あなたのおかげで助かった、って言ってるの。ほんのちょっとだけどね！」

頬を赤く染めたマルリアが、ぷいっ、と視線をそらす。

そんなマルリアの言葉に目を見開いたリリが、手元の杖をギュッと握り締めていた。

「お役に立ててよかったです！」

「けど、勘違いしないでよね！　実力は私の方が上なんだから!!」

「はい！　ありがとうございます！」

話が噛み合っていないようで、噛み合ってないけど、二人とも楽しそうだな。

本当に、この子たちに怪我がなくてよかった。

——そう思いながら、地面に横たわる男に目を向ける。

追加で蹴りでも入れたいけど、それは俺の仕事じゃないからな。

「このあとはどうしたらいいんだ？　コイツを少佐の所にでも連れて行けばいいのか？」

「その必要はないわよ。このまま待っていたら、先生たちが手配した部隊が来てくれるわ」

「そうなのか？」

「ええ。万が一の救出も兼ねた部隊が、失敗でも成功でも、時間になれば来てくれるのよ」

なんともまぁ、至れり尽くせりなことで。

「つまり、このままぼんやり待っていたら仕事も終わり、ってことだな？」

「ええ。あとは、訓練校に帰って、期日までに報告書を提出すればいいだけよ」

……え？　報告書……？

何それ、聞いてないんですけど……

「あんた、本当に幹部候補なの？　顔に出すぎよ？」

「それは、申し訳ない……えっと、リリ、さん？　報告書って、書けたりとかは……」

「えっと、あの……ごめんなさい！　書けないです……」

そうですよね。正直な話、俺も書けないんですが？　というか軍の報告書なんて、見たことも鑑定したこともないんだが⁉

「最後の望みは、フィオランなんだけど」

どう考えてもダメそうだよな。フィオランだもんな……

「また情けない顔してるわね……マイロに頼んでみたら？」

「へ……？　マイロくんに？」

「あの子、体が弱いから訓練は座学が中心なのよ。報告書の代筆くらい、普通にできるわ」

マジでか！　というか、マイロくんって、支援技術の素質Bだったよな！

あれって、帳簿の管理とか、それこそ報告書なんかも含まれていたはず‼

「ありがとう！　帰ったら頼んでみるよ‼」

「ええ、そうしなさい。十歳に頼む後ろめたさを感じないのならね」

「うぐ……」

それは、まぁ、そうなんだけど。他に当てもないし。

むしろ、突然降り注いだ肩の荷が降りた、って感じだからな！

「じっ、実力主義の国だろ？　年齢は関係ない。うん。関係ない！」

「そう。あんたがいいのなら、それでいいわよ。マイロも喜ぶと思うし」

だといいんだけどさ。

依頼料なんかは、あとでリリやフィオランと相談かな。多すぎても、少なすぎても、のちのち問題になりそうな気がするし。

さてと、そうと決まれば、マイロくんが書きやすいように、報告書の内容をできるだけ増やしておきますか。

「リリ。バレないように、でいいんだよな？」

「え？　えーっと、そうですね。ここなら、私たちしかいませんし、大丈夫だと思います」

マルリアに関しては、マイロくんのこともあって、今更だからな。

問題は、どこまで見るか、なんだけど……

この男の素質や強さを見ても仕方ないからな。

性質とか価値観とか、その辺にしとくか。

【名　前】ハイロ（38歳）
【殺害数】６人
【奴隷価値】18万６０００エン
【備　考】少女の悲鳴を好ましく思う特殊性がある。
仕事に行き詰まりを感じ、闇組織に拾われた。蛇の末裔《まつえい》の一員。

闇組織……？　いや、それよりも、殺害数六人!?

被害者の数は、十人だったはずだよな!?　残る四人は!?

「くっ――!!」

不意に見えたのは、地面に転がった男のゆがんだ口元。ニヤリとした笑みを浮かべた男が、マルリアの背後に視線を向けている。

ヒヤリとした物が背筋を走り抜けて、胃の中の魔力が荒れ狂う。

――視界を埋めるのは、ギラリと光る鋭利な刃物。

「マルリア！　後ろだ!!」

「――!!」

大きく揺れるサイドテールの向こうに、デカいナイフが見える。

現れたのは、袋小路の向こう側。高い壁の上から飛び降りるように、黒いロープを着た男が、ナイフを突き立てて飛び込んでくる。

「くっ――！」

油断した!!　犯人が一人だけだと思い込んで、縛っただけで終わったと思い込んだ。

狙いはマルリアか!!

「子供ばかり狙ってんじゃねぇよ!!」

右手でマルリアを突き飛ばして、左手をかざしてナイフを受け止める。

手のひらにナイフが突き刺さり、焼けるような痛みが全身を駆け抜けて行く。

――だけど、それだけだ。死ぬような傷じゃない！

「子供に手を出して、楽に死ねると思うなよ!!」

ベルトに差してあった短剣を引き抜いて、振り抜く。

ただ真っ直ぐに。敵の左胸を狙い澄まして。下から突き上げるように。

「くっ……！」

そんな一撃も、左肩を盾に防がれた。

悪くない手応えだったが、心臓には届かない。左肩に与えた傷も浅くはないが、致命傷には程遠く見える。

互いに武器を引き抜き、地面を蹴って、武器を片手に距離をとる。

ここにきて、左手がじくじくと痛み出していた。

「アルト様!!」

「ごめんなさい！　私も加勢に――、っ!!」

立ち上がろうとしたマルリアが、表情をゆがませて、右の足首を押さえていた。

――どこか痛めたな。

「よろけただけよ！　気にしないで!!」

そう言いながら立ち上がるけど、どう見ても右足をかばっている。

突き飛ばした時に、捻ったか……ゆっくり歩くことはできても、戦闘は無理だろう。

「リリ。マルリアを頼む」

「……はい!!」

「ちょっと！　何するのよ！　離しなさい！」

「ダメです！　おとなしくしてください！　アルト様の……邪魔になります!!」

羽交い締めにされたマルリアが、ぐっ、と奥歯を噛みしめて、悔しそうに視線を落とす。

「だって、私が、油断したから……」

どうやら自分のせいだと思っているみたいだけど、悪いのは俺だからな。

そんな思いを胸に、二人の様子を横目に見ながら、短剣を右手だけで構え直す。

左手をダラリと下げたままの男も、傷がない右手だけで、ナイフを握り締めていた。

どう見ても、闘いに慣れているな。

「見誤ったよ。そっちのが主軸だと思ったんだがな」

「……いや、間違ってないさ。俺よりも彼女の方が強いからな」

焦りを心の奥底に押し込めながら、ニヤリと笑って見せる。

冷や汗を悟られないように、魔力を周囲へ。

無作為に広げた鑑定結果を見るが、敵に囲まれているような状況ではなさそうだ。

——少しだけ揺さぶって見るか。

「そっちは二人だな？　その男を囮に、こっちの戦力を計っていた、ってところか？」

深くフードを被っているせいで顔は見えないが、十中八九、当たりだろう。

大きく広げた鑑定に引っ掛かる気配はない。でもって、警戒心を引き上げてくれたな。

【名　前】ガドラ（32歳）
【職　業】殺し屋
【状　態】生命力：312／428　魔力量：52／52
【技　術】ナイフ術：11／14　体術：7／14

殺人犯の仲間かと思ったが、プロの殺し屋か。

縛られて転がっている男がナイフで刺されている間もずっと隠れていたことを考えると、マルリアを追いかけていた囮役の男が依頼主だとは思えない。

《蛇の末裔》――転がっている男の鑑定にあった闇の組織に雇われた、って感じか。

現状で分かるのは、その程度。打開策が見えないな――だったら。

「それで？　ガドラさんは、誰を殺せ、って依頼されたんだ？」

「っ……!?」

「あんた、プロの殺し屋なんだろ？」

案の定、大きく引いてくれたな。

仮に大きく踏み込まれても、ナイフなんかじゃ届きそうもない距離。

「どうした？　名前を呼ばれることが嫌いだったりしたか？」

これだけ言えば、多少の隙があっても、警戒して切りかかっては来ないだろう。

おかげで、探ることだけに集中できる。

【名　前】投げナイフ
【ランク】C
【価　格】3680エン

【名　前】鋭利なナイフ
【ランク】C
【価　格】8600エン

腰のベルトに一本。黒いローブの下に隠した物が一本か……

武器がナイフしかないと分かっただけでも悪くないんだが、それだけナイフに自信がある、ってことだろうな……

マルリアは足の怪我で動けず、リリは魔力が溜まってない。

自分を鑑定することはできないから比較はできないが、そもそもが殺し屋だ。素人の俺なんかがまともに戦っても勝てるはずもない。

——そうは言っても、逃げることすらできそうにないからな。一か八か……！

「雇い主の名前を教えてくれないか？」

そう問い掛けながら、全ての魔力を男の頭に注ぎ込む。

「はっ！　なんの話だよ。俺は誰にも雇われてねぇし、そもそもお前が何を――」

「なるほど、キジェンって名前のヤツに雇われたのか。立場は……」

――上等兵!?

それって、軍人ってことだよな!?　身内の犯行か!?

……いや、今はそんなことを気にしている場合じゃないな。

背後の二人を逃がすのが、何よりも先決。次点で敵の排除。敵を驚かせる予定だったのが、こっちが驚いてりゃ世話ない。

予想外の情報を除けば、こちらの予想通り。敵は驚いているように見える。

落ち着け、目の前の敵に集中しろ。ここまでは予定通りだろ。

「……お前は何者だ？」

「さてな。頭の中が覗ける者、とでも言っておこうか？」

困惑、驚き、不信、恐怖。見えるのはこの辺りか……

できれば敵の目的まで引き出したかったが、これ以上は魔力が足りなくなる。

「マルリア！　リリ！　例の奴を許可する！　解放していいぞ!!」

「え？　え？」

「――分かったわ！　どうなっても知らないわよ!!」

「問題ない！　そのために俺がいるからな!!」

もちろん、例の奴なんてのは存在自体しない。ハッタリだ。

打ち合わせもなしの賭けだったから素直なリリには厳しいかと思ったが、マルリアがいてくれて助かった。

意識を鑑定した事実があるから、もし不審に思われたとしても、本当に奥の手がある可能性も捨てきれないはず！

「……任務の続行は困難、か」

「半分だけ本気って感じだな。どうするつもりだ？」

黒いローブの隙間に見える目が、戸惑うように動いていく。

縛られた仲間に目を向けて、リリたちに目を向けて。

――男が俺の方に向かって大きく飛び出した。

迫り来るナイフを後ろに飛んで避け、男が握るナイフの切っ先をギリギリで避ける。

「頭の中は読めても、体はついて行かないらしいな」

「……それはどうだろうな」

「ふん！　強がりを!!」

迫り来るナイフを避けるだけで精いっぱいで、反撃の余裕などない。

だが、植え付けた恐怖が利いているのか、あまり深くは踏み込んで来ないな。

避けるだけなら、問題は……

「余裕がなくなって、思考が読めなくなったんじゃないか？」

「くっ……」

突き出されたナイフが突然手を離れて、左の肩に突き刺さる。

痛みに耐える俺をしり目に、男の手がローブの中に消えて、投げナイフを掴んでいた。

チラリとリリたちを流しみた男の目の動きに、心臓が跳ねる。

いつの間にか、リリたちと距離が離れている!!

「仮に読めても、お前のスピードじゃ、俺を追えねぇよ」

掴んでいたナイフを俺の腹目掛けて投げながら、リリたちの方に走っていく。

そう見せかけて、暗殺者の体が、縛られた男の方に向き直っていた。

「――だと思ったよ」

「なっ!?」

暗殺を得意としていそうな鑑定結果だったからな。そんな男に頼む仕事なんて、敵戦力の暗殺か、失敗した者の口封じくらいだ。

マルリアを襲ったのは、彼女さえ倒せばどうとでもなると思ったから。

ハッタリで口にした奥の手の可能性を捨てきれなければ、二人を襲うと言う選択肢はなくなる。

「縛られている奴を殺して逃げる方が楽なんだろ？」

ずっとおとなしかった殺人犯が、今は逃げ出そうと必死にもがいているからな。

飛んできたナイフを左手で受け止めて、痛みに耐えながらさらに前に踏み込んでいく。

毒も塗ってない投げナイフだ。致命傷はまずない。

「くっ!!」

残る得物は、腰にあるナイフだけ。

慌ててそこに伸ばそうとした相手の手を払って、短剣を深く差し込んでいく。

【名　前】ガドラ（32歳）
【状　態】生命力：22／428

張り詰めていた力が抜けて、俺の意思と関係なく腰が落ちていく。

男は、意識を失ったか……

「アルト様!!」

「しっかりしなさい！　すぐに先生を呼んでくるわ！」

「ナイフはどうしたら!?　止血を!?　その前に抜いた方が――」

「落ち着きなさい！　私たちが触ると悪化するわ！　このまま動かさずに、先生に来てもらう方がいい！　そうでしょ！」

「!!　そうですね！　私が行ってきます。マルリアさんは、アルト様を」

「――いや、二人で行ってきてくれ」

鑑定の範囲をできるだけ広げたが、他に怪しい気配は感じなかった。

——だけどこのまま待っていれば、少佐たちが手配した部隊が来る。それがマズい。

暗殺者の依頼主に軍人の名前があがったことを思うと、その部隊が本当に味方だとは限らない。

最悪の場合、敵の援軍の可能性すらある。

気を引き締め直して、どうにか二人だけでも安全な場所へ……

「何を言っているのよ!!　こんな状態で一人になんてできるわけないじゃない！　馬鹿なこと言わないで！」

「そうです！　マルリアさん、アルト様をお願いします!!」

「ええ！　分かったわ!!」

ある程度は予想していたが、やはりそうなるか。

足手まといになるのは避けたかったが、俺も二人と一緒にこの場を離れて……

——いや、遅かったか!!

「屋根を使って真っ直ぐ向かってくる者がいる！　気を引き締めろ!!」

「!!」

魔力が足りなくて名前すら鑑定できないが、かなりの速度だ。

どう考えても、勝てそうにない！

「二人とも逃げろ！　一刻も早くここを——」

「——すまん！　儂じゃや!!」

「………へ？」

音もなく降りたったのは、筋肉質の体に白髪の爺さん。

「ルルベール少佐……」

「うむ。おぬしの魔力の揺らぎを感じて来てはみたが、元気そうでなりよりじゃ」

「ええ、おかげさまで」

「何言ってんのよ、二人とも！　どう見ても重傷じゃない!!」

「なんじゃ？　死んではおらんぞ？　腕も穴が開いただけて、繋がっておる」

「それはそうだけど!!　腕が繋がってるから元気って、おかしいでしょ!!」

力いっぱい叫ぶマルリアは相変わらずだけど、頼れる大人が来て、二人ともホッとしているように見えるな。

問題は、ルルベール少佐が敵だった場合だが、日陰者の集団に混じって、暗躍できるような人でもないだろう。

何よりも、この人を相手にリリたちを逃がせるとも思えないし。信じるしかないか。

「少佐。申し訳ないのですが、部下の二人も一緒に、訓練校まで運んでもらえますか？」

「うむ、任せておけ。儂なら造作もない」

リリを右肩に乗せて、マルリアを左肩に乗せて、俺を抱え上げる。

「ありがとうございい、ます……」

軽く飛び上がって屋根の上に乗った感覚を最後に、薄れかけていた意識が、ゆっくりと遠退いていった。

5　試験に向けて、みんなで強く

「ん……？」

ぼんやりとした視界に映るのは、見覚えのない天井と、周囲を覆う白いカーテン。

「ここは……？」

「アルトさん！　気が付かれましたか!?」

「マイロくんか？」

「はい！　今、姉さんたちを呼んできますね!!」

寝転がる俺の顔を覗き込んでいたマイロくんが、パタパタと駆けていく。

次いで見えたのは、両手につながる長いチューブ。

「痛っ……！」

感じた違和感に視線を落とすと、左手が肩から指先まで、キツく締められた包帯に覆われていた。

合計六個もの点滴が両手に刺さっていて、俺の体の中に薬を送り込んでいる。

そういえば、暗殺者に左手を刺されたんだったか……

手のひらの傷以外は投げられた物だから、そこまで深くはないはずだが、合計三カ所も刺されたからな。

「見たところ、どこかの病室か」

マイロくんがいたことを考えると、訓練所にある医務室か救護室ってところかな。

そう思っていると、不意に、部屋のドアが勢いよく開かれた。

最初に見えたのは、クルリとしたツノと、ふわふわの髪。

リリとフィオラン、それにマルリアの姿もある。

「アルト様！　よかったです。ほんとうに、よかったです」

「頭とか痛くない？　お姉さんにできることがあったらなんでも言うのよ？」

そして気が付けば、涙ぐむリリに右手を握られて、フィオランに頭を撫でられていた。

なんというか、俺の方が年上のはずなんだが？

頭なでなでは勘弁してくれないだろうか？

「とりあえずはお水よね！」

「ちょ、まっ、うぐっ――」

それと、頼んでもないのに、吸い飲みを口に押し込むのは、やめてほしい。

けど、なんだろう。この水、びっくりするほど美味いんだが？

――というか、フィオランさん？　いつまで注いでいるつもりですか？

無理だからな？　その量を一息で飲むのは無理だからな？

腕が固定されているし、痛いしで、自由に動けないんだが？

その辺、分かっているか⁉　絶対分かってないよな⁉　まって、もう――

「ごふっ、ごぼっ――」

「アルトくん⁉」

「……ほんと、何やってるのよ。ほら、退いて。ちょっとだけでいいから顎をあげなさい」

フィオランを押し退けるように割り込んだマルリアが、濡れた顔を優しく拭いてくれる。

「悪いな。迷惑をかける」

「このくらい、どうってことないわよ」

この子、自称お姉さんと比べたらしっかりしているよな。

まぁ、フィオランも悪気があったわけじゃないから、黙っとくけどさ。

「三日も寝たままなんて、心配させないでよね」

……は？　今なんて言った？　寝たまま？

「え？　俺、三日も寝ていたのか⁉」

「何よ、覚えてないの？　昨日まで高熱でうなされてたのよ？」

いや、全く記憶にないんだが……？

よく見ると、カーテンの隙間から太陽の光が射し込んでいるな。

最後の記憶が夕方だから、当日の夜だと思い込んでいたが、三日後の昼なのか……

「悪いな。本当に迷惑をかけた」

「……いいわよ……たすけてくれて、ありがと」

クルリと背を向けたマルリアが、逃げるように走り去っていく。その後ろ姿を見る限りだけど、足はもう大丈夫みたいだ。

そんなマルリアの方を見向きもせずに、リリが俺の右手をギュッと握り締める。

「気分が悪かったりとかはしませんか？　喉が渇いていたりは？」

「いや、問題ないよ。魔力が溜まっているから、前よりも調子がいいくらいだね。ゆっくりと寝させてもらったおかげだな」

左手は痛いけど、それは言っても仕方ないし。

というか、フィオラン。吸い飲みには触れずに、机に置いたままでお願いします。

「むしろ二人の方が疲れているんじゃないか？　顔色があまりよくないように見えるぞ？」

「いえ、私は大丈夫です。アルト様と話せて元気が出ました！」

「うんうん！　お姉さんもすっごく元気よ！」

そうは言うが、どう見ても寝不足って顔だよな。

数え切れないほどの睡眠不足を経験した俺の目を誤魔化せると思っているのか？

「リリ、フィオラン。二人に命令だ。明日の昼までは訓練を禁止にする。ゆっくり寝て、体を休めてほしい。いいな？　命令だからな？」

「……はい。分かりました」

「そうね……せっかくだから、マルリアちゃんも捕まえて、三人で寝てくるわ！」

「あー、そうだな。任せるよ」

まぁ、なんだ。マルリアよ。強く生きてくれ。

そんなことを思いながらマルリアの冥福を祈っていると、二人が素直に部屋を出て行った。

「マイロくんは、元気そうに見えるね」

「そうですね。姉さんも、リリさんも、フィオランさんも、看病を替わってくれなかったので。僕だけ、ゆっくり寝させてもらいました」

「そうなんだ」

原因不明の持病があるからな。俺なんかのために、無理をしてなくてよかった。

「リリたちから、報告書の話、とかって聞いたりした？」

「はい。僕が代わりに報告書を書く、って話ですよね？　させてもらえるのならやりたいです」

「そっか。本当に助かるよ」

報酬の話などもしようと思っていたんだけど、値段に関わらず乗り気、って感じだな。

この様子なら、報酬の話は、リリたちと話し合ったあとでもよさそうかな。

「それじゃ、早速お願いしていいかな？」

「え？　えっと、アルトさんの体調とかは、大丈夫なんですか？　アルトさんから、任務の話を聞いて、内容をまとめる形になるんですが……」

「話をするくらいなら問題ないよ。三日も寝ていたらしいし、むしろ調子がいいくらいだね」

「……分かりました。それじゃあ、道具をとってきます」

「あぁ、よろしくね」

問題は、内部にいる裏切り者の話なんだが……

「そっちは、直接報告した方がいいよな」

そう声に出して、はぁー……と深い溜め息を吐き出した。

☆★☆★☆

マイロくんに報告書を作ってもらいながら、医師の指示でリハビリを始めて一週間。

深かった傷もいつの間にか綺麗に消えていて、俺は晴れて医務室を追い出された。

どうにも治るのが早すぎるけど、悪いことじゃないよな？

傷が消えた手を見下ろして、前を歩くリリの背中を追いかける。

「えっと、えっと……こっちですね！」

「了解。それで？　どこに向かっているんだ？」

リリに促されるまま病室を出たけど、貸してもらっている部屋の方向じゃないし、子供たちが暮らす建物でもない。

ルドルフ少佐が呼んでいると聞いたんだが、少佐の部屋でもなさそうだ。

「先生に『詳しい話は内緒だよ』って言われてまして……」

「いや、困らせるつもりはなかったんだ。気にしなくていいよ」

「はい。ごめんなさい」

しゅん、とうつむいたリリが、ぷるぷると顔を横に振って、見慣れない廊下を進んでいく。

時折、曲がり角で首を傾げているけど、リリなら大丈夫だろう。

「軍の施設って本当に大きいよね。リリちゃんと一緒じゃなきゃ、お姉さんは迷子だよ！」

周囲をきょろきょろと見て歩くフィオランは、この際、放っておこう。根は優しくていい子なんだけど、天才となんとかは紙一重、って感じの人材だからな。

病室の窓から二人の訓練風景を眺めていた限りじゃ、弓の腕はめきめき上達しているし、親しみやすい性格も含めて嫌いじゃない。

——だけど、道案内を頼むかは別の問題だよな。

「変な場所に首を突っ込むなよ？　軍事機密とか見たら、大変なことになるからな？」

「はいはーい……って、それをアルトくんが言う？」

「ですね。軍事機密なら、アルト様と一緒にいる時点でアウトです！」

いや、え？　リリまで同意見とか、何？

「俺、そこまでヤバいのか？　そんなことないよな？」

「えっと。やばいの定義が分かりませんが。無意識の怖さは、アルト様が一番だと思いますよ？」

「うんうん。廊下できょろきょろしてるより、アルトくんを見てる方が、首を切られるよね」

……いや、でも、ほら。フィオランよりは、やばくないだろ。ないよな？

「例えば、どの辺がやばいか教えてもらっても？」

「ん？　ん〜、そうね〜……全て？」

「……は？　全て？」

「うんうん。アルトくんは、全てがやばいよね！」

「いやいや。それはさすがに——」

ないよな？　とリリの方に視線を向けたけど、申し訳なさそうに視線をそらされてしまった。

リリまでそんな反応とか、マジなやつ⁉

「あっ、アルト様。到着しました。この先のお部屋です」

「……うん、ありがとう」

なんとも釈然としないけど、到着したのなら仕方ない——というか、ずいぶん歩いたな。施設の最奥。子供たちがいる建物の逆側、って感じか？

「この先で、ルドルフ先生が待ってます」

「あ〜……この先？」

「はい。この先ですね」

長い廊下にそって、いくつも部屋が並んでいるのはいい。気になるのは、リリの指先が、一番奥にあるひときわ豪華なドアを指差しているように見えることなんだが？

「俺なんかが入っていいのか？」

「もちろんです。アルト様の立ち入りを拒むような場所なんて、ここにはないですから」

いや、普通にあるだろ。軍の施設だぞ？

……いまいち状況がつかめないけど、ドアの前に立っていても仕方ないか。

――コンコンコン。

「入って構わないよ」

「失礼します」

ゆっくりとドアを開けて最初に見えたのは、機嫌がよさそうなルドルフ少佐の微笑み。

「ようこそ、キミたちの仕事部屋へ」

両手を広げた少佐が、楽しそうに笑って見せた。

笑顔も気にはなるが、キミたちの仕事部屋とは、どういう意味だ？

君たちって、俺たち？

「悪くない表情だよ。隠しカメラでも仕掛けて、保存するべきだったかな」

ニヤリと笑ったルドルフ少佐が、大きく横にずれて見せる。

部屋の最奥には豪華な椅子と机があって、目の前には打ち合わせに使うような六人掛けのテーブルが。右手の奥まった場所には、事務作業用の机と椅子が五個。

「状況は理解できたかな？」

「あっ、え？　俺たちの仕事部屋？」

「その通り。キミたち三人に与えられた新しい部屋だよ」

……この豪華な部屋が？

「何が、どうして……」

「任務達成のご褒美、その一――と言う名の機密管理だね」

それまでの楽しそうな表情を消したルドルフ少佐が、開いたままの入口に目を向ける。

小さく頭を下げたフィオランが、無言のまま、ドアを閉じて見せた。

「ここは訓練校の一番奥にあり、周囲は物置。秘密の話をするには打ってつけ。そんな場所だね」

そう言葉にして、少佐が視線を強める。

「何か人には話せない情報を掴んだ。そうだよね？」

感じたことのない静けさと緊張感が、部屋の中に渦巻いているように感じた。

「最初に僕の方の報告から始めるよ。座ってもいいかな？」

「え？　あっ、はい」

「すでにここはキミの部屋だからね。キミはそっちに座るといい」

雰囲気を和やかなものに戻したルドルフ少佐が、入口から見て奥の席を促してくれる。

少佐がドアを背にした席に座り、リリたちは作業用の席に座って、椅子をこちらに向けていた。

席数は足りるけど、同席はしないらしい。部下としての配慮とか、その辺だろうか？

「結論から話すよ。任務成功の結果を受けて、キミの昇任が決まった。地位は、周辺国で言えば準男爵だね」

「……え？」

だんしゃく？　じゅん、だんしゃく？

「それってもう、貴族なんじゃ……」

「そうだね。正式な昇任は、入学試験が終わったあとになるけど、キミの合格は決定事項だと思ってくれていいよ」

つまり、ただの平民でしかなかった俺が、貴族になれた。そういう話か？

「おめでとうございます！　さすがはアルト様です！」

「うんうん！　アルトくんなら当然だよね！　すぐにまた昇任するでしょ！」

二人が拍手してくれるけど、実感が湧かないというか、なんというか……

「浮かない顔だね。やはり貴族は嫌いかな？」

「いいえ、そういうわけではないのですが。どうにも、貴族になる利点が分からなくて」

『実力主義の国だから、キミなら貴族になれるよ』

そう言われて帝国に来たけど、貴族に憧れがあったわけじゃない。いつ死んでもおかしくない生活から逃げたかっただけだ。

だから、このまま時期が来れば貴族に、と言われても、なんて言っていいか……

「そうだね。一番の利点は、頼れる仲間が増えることかな」

「仲間、ですか？」

「そう。自分の意見が通り易くなったり、行動範囲を増やせたりとかいろいろあるけど。自分の足りない部分を補ってくれる者が増えるのが、一番大きいかな」

「貴族になれば、仲間が増える……？」

どうにもイメージが湧かないのは、母国の無能な貴族たちを思い浮かべているからだろうか？

敵が増えると言われた方が理解できるんだが？

「そうだね。これは僕の落ち度でもあるんだけど。もし、今回の任務に、隠れることが上手い者がもう一人参加していたらどうだったかな？」

「え……？」

隠れることが上手い人？　そうだな……

もしそんな人物がいたとしたら、その人にマルリアの護衛を任せる。でもって、俺はたぶん、少し離れた場所から周囲の鑑定をして……

「キミがケガをすることはなかった。より安全に犯人を取り押さえることができた。違うかな？」

「いえ。その通りだと思います」

マルリアの近くにいる必要がなければ、魔力を逆回転させる必要もなく、普通に周囲を鑑定していただろう。少なくとも、不意打ちの前には気付けたはずだ。

「それじゃあ。マルリア訓練候補生と同じくらいの戦闘力を持つ子供が、もう一人いたら？」

「……殺し屋は襲ってこないまま、安全に任務を達成できた可能性が高いですね」

マルリア一人を始末すれば、あとは有象無象。そう思ったから仕掛けてきたんだからな。

なんとなくだけど、少佐が言いたいことは、理解できた。そもそもの話だが、リリやマルリアがいなければ、どうなっていたか想像もできないからな。

「もしリリ訓練生に危険が迫っていたら、キミやフィオランくんは彼女を助けたいと思うだろう。でも、二人だけじゃできることに限りがある。分かるね？」

「はい。理解できます」

「もちろん、地位が上がれば責任も重くなる。だけど地位の壁に阻まれて後悔することは減ると思うよ」

そのバランスを見ながら、自分の能力に見合った立場を目指すのがいい。そんな感じか。

「キミの場合は、個性的な子を見つけるのが得意みたいだからね。僕としては、より多くの部下を早めに持ってほしい。そう思っているよ」

そう言ったルドルフ少佐が、リリやフィオランの方に視線を向けるけど、そんなに個性的だろうか？　二人とも、素直ないい部下だと思うんだが？　それに――

「俺はそんなだいそれた人間ではないですよ。でも、できる限りのことを精一杯がんばります」

リリがいて、フィオランがいて、平穏に暮らせる場所がある。

現状の維持ができるくらいには頑張ろうと思う。

――でもって、そのためには、乗り越えないといけない問題が一つあるんだよな。

少佐も薄々は勘付いているらしいし。このまま黙っていても、余計に面倒な事態になるだけだろう。どうにも気が重いが、仕方がない。

「ルドルフ少佐。軍の内部に裏切り者がいると言う情報を掴んだんですが」

もちろん、ルドルフ少佐が裏切り者の可能性もあるが、はじめてあった時に鑑定しているからな。

もし、やましいことがあるのなら、あの時に殺されていただろう。

これまでの行動を見ていても、信用できるし――

「――やはりそうか」

「え……？　いえ、失礼しました。やはり、と言いますと？」

「実を言うと、アルト准尉たちからもらった報告と、後詰め部隊からの報告が食い違っていてね。連続犯は肩と太股を刺して縛っただけ、そうだね？」

「えぇ。おおむねその通りです」

マルリアが顎を蹴ったが、それはマイロくんが作ってくれた報告書にも書いてある。

「心臓をひとつき。キミたちが言うところの殺人犯も、殺し屋も、殺されていたよ」

「……殺されていた？　あの二人が？　俺たちに？」

しかも、心臓をひとつきで……？

「あぁ、もちろんキミたちを疑っているわけではないよ。一応聞くけど、キミたちに心当たりは？」

「ないですね。殺し屋の方は、手加減できずにナイフを深く差しましたが、殺人犯はこれから聞くべきことが大量にありましたから」

殺し屋の口封じから守ろうとしていたくらいだからな。それは報告者にも書いたはず。

「つまり、キミたちが現場を離れたあと、誰かが犯人を殺害。急行していた後詰め部隊との接触を運よく回避した。全てを信じるとそうなるね」

後詰め部隊がよほどの無能じゃなければ、無理だろうな。

「ちなみになんですが、後詰めの到着時刻は分かりますか？」

「無論だよ。先行部隊の到着は、ルルベール少佐がキミたちを抱えて訓練校に戻ってきた時刻と、ほぼ同時になっているね」

「そうですか」

あの爺さんが、気を失った俺を長時間放置するとも思えない。

屋根の上を真っ直ぐ進んだとして、長くても五分か。

「後詰めによる周囲の封鎖は？」

「もちろん行っているよ。今回の件は、警察から軍に持ち込まれた任務だからね。軍の威信に懸けて蟻一匹通すな、そう厳命してあった」

つまりは、内部に裏切り者がいないと、包囲を脱出するのは無理、ってことか。

「そもそもの話なんだが、内部が怪しいのは前々から話していたことなんだ。今回の任務は上の動きがきな臭くてね。ルルベール少佐が慌てて迎えに行ったのもそのためだよ」

「なるほど……」

偶然危うい情報を知った！　口封じの危険が！　と恐れていたけど、少佐たちは最初から気にかけていたわけか。

――と言うより、鑑定しかできない俺を投入した一番の理由は『怪しい情報を掴んで来い』だったんだろうな。

裏切り者が内部にいる可能性が高いって前提で考えると、敵国から逃げてきた俺なんて、裏切り者の仲間の可能性が高いし。

何かしらかの情報を掴めれば最良。俺が敵の仲間で、尻尾を出せば御の字。

何手先まで読んでいるのか、実力主義の国の実力者は怖いねぇ、まったく……

「ちなみにだけど、僕はキミたちの任務の当日に。ルルベール少佐は、キミが目覚める前に、部下全員を連れて、この街を離れる別の任務の指示が来ていたよ」

「あー……それはまた」

露骨というか、なんというか……そう思っていると、ルドルフ少佐がカバンの中から、紙の束を二つ取り出した。

ドサリと机の上に置いて、ペラリとめくって見せる。

「こっちがキミたちから直接もらった物。こっちは、正式なルートを経由して、僕の手元に届いた物だ。ここを見比べてほしい」

おおよその内容は変わらないけど、正式なルートの方は、俺が殺人犯の心臓を刺したことになっている。そもそもの話として、似せてはいるけど、マイロくんの字じゃない。

【名　前】連続殺人犯捜索任務報告書
【筆　者】マイロ
【偽造者】イータル・マタロイ

該当するページだけ書き換えたか、すり替えたわけか。

自分から証拠を残すような真似をするなんて、どういうつもりだ？

敵の目的が読めないな……ひとまずは、少佐に投げておくか。

「イータル・マタロイ。その名前に聞き覚えはありますか？」

「!!　あぁ、直接話したことはないが、怪しいと思う上層部が派遣してきた事務員だよ」

「その者が書き換えていますね。ただ、書き換えた目的は不明ですが……」

……ん？

なんだ、この空気。ルドルフ少佐も、リリたちも不思議そうな顔をしている？

「アルト様？　書き換えた目的って、ルドルフ先生に間違った情報を流すためですよね？」

「うんうん。お姉さんもそう思うよ？　任務で遠くに行ってもらえば、お姉さんたちから直接聞くことはできないし。それ以外、考えられないでしょ」

「いや、それはないと思うよ。こうして鑑定すれば、一瞬でバレるし。わざわざ証拠品を残すようなマネはしないだろ？」

「「「…………」」」

え？　何？　なんでみんな、無言!?

「……報告を受けてはいたが、実物を見ると、なかなか来るものがあるな。リリ訓練生、フィオランくん。二人には迷惑をかけると思うが、今後もよろしく頼む」

「はい！　アルト様には助けられていますから！」

「今さら、見捨てられないわよね。悪気があるわけでもないし」

いや、あの、えっと……？

「アルト幹部候補生。事態が落ち着き次第、鑑定士の研修に行ってもらう。これは決定事項だ」

「……え？」

「鑑定士と呼ばれる者をその目で見てきてほしい。確かに今のは、物の鑑定だったとは思う。だが、改ざんした犯人を、普通の鑑定士は特定できたりはしない」

ふつう……ふつう……いや、でも。

「ふつうに鑑定したら、改ざんした人の名前が……ふつうに……」

「大丈夫よ、アルトくん。お姉さんと一緒に頑張ろうね」

「私もお手伝いするので、あせらずに、ちょっとずつ頑張りましょう」

フィオランに優しく抱き締められて。リリによしよし、と頭を撫でられて……そんな俺の姿をルドルフ少佐が、当たり前のことのように見つめている。

本当に俺一人の認識だけがズレている。そういうことらしい……

「――さて、話を戻していいかな？」

「あっ、えぇ。もちろんです」

えっと、つまりはあれだ。改ざんした書類をルドルフ少佐に渡したのは、罠でもなんでもなくて、普通にバレないと思ったから――だとしたら。

「この改ざんした人の独断、って可能性はないですよね？」

「そうだね。僕やルルベール少佐に不自然な任務が下りてきているからね。ただの事務員ができることじゃないよ」

子供ばかりを十人も襲っている犯人を捕まえるだけだったのに、事態が大きくなりすぎてないか……？　どう考えても、厄介な陰謀に関わっているよな？

「マルリアたち。特に、代筆を頼んだマイロくんは、無事ですか？」

「無事だよ。今はルルベール少佐が、隠れながら護衛中だね」

「そうですか」

少佐たちなら抜かりはないと思ってはいたけど、聞かないわけにもな。

「分かっているとは思うけど、裏切り者の一派からすると、キミたちは邪魔者だからね。さすがに、訓練校の中で敵が動くことはないとは思うけどさ」

「そうなんですか？」

「一応、国の持ち物って扱いだからね。もし何かあれば、女王が直々に調査する事態になるから、さすがに避けると思うよ」

誰にとっても面倒、ってことか。

「つまり。敷地内からなるべく出るな、ってことですね？」

「そう。話が早くて助かるよ。そのついでに、って言うと語弊があるけど。任務に関わった二人をキミの部下に加えることにしたよ。一応は、ご褒美その二、って扱いだね」

「狙われそうな者は、まとめておいた方が、敵の動きも読みやすい、と」

「まぁ、否定はしないかな」

でしょうね。俺が少佐の立場でも、そうするしな。

「マイロくんは大丈夫だと思うんですが、マルリアの説得はできそうですか？　俺の部下なんて絶対ヤダ、って言いますよ？」

『あんたの部下なんか、一秒でも嫌よ！　死んだ方がマシじゃない‼』

そんな感じだよな。もしかしてなんだけど、『説得はキミに任せるよ』ってことに……

「いや、その心配は無用だよ。配属の件は、先に二人の希望を聞いたからね。二人とも訓練生に昇進。希望通りの配属先にしたよ。キミは、二人が部下になるのは反対かな？」

「あっ、いえ。素直に嬉しいですよ」

知らない相手じゃないし。仕事もキッチリしてくれたからな。

でも、あれだろ？　マルリアが俺の部下になりたい、って言ったってことだろ？

「どうにも信じられないのですが？」

「そうなのかい？　まぁ、あとでルルベール少佐が二人を連れてきてくれるはずだからね。その時にでも、本人に聞いてみたらいいさ」

「……そうですね。分かりました」

他国に逃げるにしろ、ほとぼりが冷めるまで隠れるにしろ。五人で固まっていた方が、今後の相談もしやすいしな。

「それと、今の状況を鑑《かんが》みて、リリ訓練生とマルリア訓練生の模擬戦は中止にするよ。本来の予定であれば、キミの入院中に開催する予定だったものでもあるからね」

「そうですね。分かりました」

まぁ、当然の処置だろうな。そうは思うけど、そっちもマルリアがなんて言うか……

『いやよ！　だったら今ここで決着をつけるわ！　勝負するわよ！』

……あー、うん。我が妄想ながら、すげぇありえそう……

「僕の方の報告は以上だよ。キミが掴んだ情報を聞かせてもらえないかな？」

「……そうですね。分かりました。ですが、ほんの少しだけ時間を」

念のために周囲に魔力を広げて、怪しい気配を探っていく。

ルドルフ少佐の言葉通り、周囲は無人の部屋ばかりらしい。怪しい人物ところか、俺たち以外に誰もいない。

確かに、密談には最適で、不審者が近付けば丸分かりだな。

「お待たせしました。まずは、殺し屋の脳を鑑定した結果なのですが……」

《蛇の末裔》と言う名前の闇組織が関わっている可能性が高いこと。殺し屋の雇い主が、軍人である可能性が高いこと。

報告書には到底書けなかった話を細かく伝えていく。

何よりも、ずっと引っかかっていたのが、聞き覚えのあるキジェン上等兵と言う名前。上等兵と言う立場を考えると、現場の使い捨てで、裏に本当の雇い主がいるとは思うが。

「なるほど。キミたちを見下していた門番の名前を雇い主として出したのか……」

「ええ。上等兵だとハッキリ思い浮かべていました」

鑑定した手応えとしては、嘘の内容を思い浮かべている可能性は低いと思う。

そのキジェン上等兵と言えば、入学試験の日に俺たちと模擬戦をする相手だ。

「なるほど。事故に見せかけて、キミたちを消すつもりか……」

「ん？　どう言うことですか？」

「あ、あぁ。言い忘れていたね。僕やルルベール少佐に下りてきた不自然な任務なんだが。終了予定日が、入学試験の翌日なんだ。そこに、キミたちの模擬戦は別の者が引き継ぐ。そう書いてあったよ」

「あー、それは確かに、きな臭い話ですね……」

俺たちが任務を成功させた直後に慌ただしく、って感じみたいだから、バレないように整える時間もなかったんだろうけど。疑ってくれ、って言っているようなものだな。

「その日まで先延ばしにしてどんな意味があるのかと探ってはいたんだけどね。言われてみれば、入学試験での怪我は珍しくもないんだ」

死者こそ出ないものの、失神や骨折は日常茶飯事らしい。それに加えて、俺たちの場合は特別に組まれた模擬戦があるからな。

「何があってもおかしくない。そういうことですね？」

「その通りだよ。事故で済ませれば、門番たちが降任するだけだからね。上からすれば、痛くもかゆくもない」

裏で門番たちに褒美を渡せば、騒ぐ者も出ないわけか。

最初から仕組まれていた、って考えるのは流石に無理があるから、たまたまあったものを活用した、ってところだろうな。

裏で糸を引いている奴の予定では、少佐たちがいない間に俺たちを始末して、情報の漏洩《ろうえい》を防ぐ。

そんな感じか……

「ちなみに、その不自然な任務とやらはどうしたんです？」

「普通に遂行中だよ。僕たち責任者は、二人とも影武者だけどね。おかげで、自由に動き回れて助かっているよ」

もう、さすがとしか言葉が出ないな。

俺たちが情報を持ってこなくても、少佐たちだけで解決できたような気がするんだが？

「《蛇の末裔》とキジェン上等兵。報告書を改ざんしたマダロイ家の者か……恩に着るよ。これで攻める口実ができた」

そう言葉にしたルドルフ少佐が、獰猛な笑みを浮かべて、窓の方へ歩いていく。

そのまま窓枠の上へと身を躍らせて、いつの間にか見えなくなっていた。

☆★☆★☆

町の灯りも消え、静まり返った深夜二時。

この国の軍部で少佐の地位を任されている二人の姿が、路地の裏手にあった。

ルドルフが先行する形で二人は暗闇の中を進み、人気《ひとけ》のない地下道へと入っていく。そうして立ち止まったのは、錆び付いた小さなドアの前。

ぎぃー、と音を立てて開いたドアの向こうに、光が消えたバーのカウンターが見えていた。

音もなくドアを閉めるルドルフをしり目に、ルルベールが整然と並んだ椅子にどっしりと腰掛け、くたびれた様子で笑って見せた。

「一日粘ってみたが、ダメじゃな。尻尾どころか、抜け毛すら掴めんかったわい」

「そうですか……まぁ、この際です。若者が危険な思いをすることがなくてよかった。そう思うことにしましょう」

パチンと淡い光を灯して、ルドルフがカウンターの奥へと入っていく。

棚に並んだ瓶の中から、迷うこともなく一本だけ引き抜いて、グラスと共にカウンターへと並べて置いた。

コルクが抜ける特有の音が店内に響き、酒の甘い香りが広がっていく。

「なんじゃ？　おぬしの方は当たりじゃったのか？」

「えぇ。尻尾を掴んだわけではないですが、興味深い話は聞けましたよ。その後の調査は空振りでしたが」

燻製《くんせい》の香りを纏わせたチーズ、香ばしくローストしたナッツを平皿に盛り付けて、ルルベールの側に並べていく。

隣の椅子に腰掛けたルドルフが、ルルベールの前に置いたグラスに注ぎ口を傾けていた。

トクトクトクと、心地よい音と共に、琥珀色の液体がグラスを満たしていく。

「見るからに高そうな酒を開けよって……そこまでの話なんじゃな？」

「えぇ。ですので、ルルベール少佐の力をお借りしたく」

「ふん。高い酒などなくとも、手を貸すと言うておろうに」

ルドルフの前にあるグラスにも酒が注がれて、太い指先がグラスを持ち上げていた。

唇を湿らせるように小さく口に含んだルルベールが、頭を抱えるように、大きな溜め息をついてみせる。

「このレベルの酒が出てくるとはの……敵は何者じゃ？」

「《蛇の末裔》」

ピクリと眉を跳ね上げたルルベールが、ルドルフの方へと視線を向ける。

まずいものでも飲むかのように酒を口に含んだルドルフが、虚空を睨み付けるかのように、ただ前だけを向いていた。

「ひどく懐かしい名前じゃな。あの小僧が口にしたのか？」

「えぇ。なんでも、連続犯の鑑定をした結果、そのような名を見たそうですよ」

「……なるほどの。相変わらず化物じゃな、あの小僧は」

軍部でも長く勤めた者くらいしか知らない名を新参者が、それも元は他国の人間が口にした。偶然だと片付けるには、できすぎている。

「あの事件から二十年か……今さら何をしに出てきたんじゃ？　儂らを笑いに来たわけでもあるまい？」

「笑われるだけならよかったんですがね。まずはこちらを」

手渡された分厚い資料を流し見るかのように、ルルベールがページをめくっていく。

アルトが鑑定で知り得た情報。それを元にルドルフが調査し、知り得た情報。その最後は、入学試験でアルトたちの口封じを行う可能性が高い、と締めくくられていた。

「……陽動。じゃな」

「えぇ。僕もそう思いますよ。関わっていそうな人数と目的の規模が一致していない」

最低でも、事務員一人、殺人犯、殺し屋、門番、上層部。

それぞれに横のつながりは見えず、それだけの人数で終わるとも思えない。

「書き換えを知れたのは、あの小僧が化物だったせいじゃが、他は隠す気もないからのぉ」

「えぇ。目に付く犯罪を起こして、若手を呼び、それが本命だと見せかける。我々が任務に赴かないのも、おそらくは向こうの計画通りでしょうね」

「じゃろうな。突然の遠征練習に、周辺地への激励訪問など。疑えと言わんばかりじゃ」

おそらくは、その全てがめくらましだろう——たが、子供ばかりが十人も殺されたのは事実で、口封じと称してアルトたちが殺されかけているのも事実。

「外道が……!!」

ぐっと握り締めた手に血管が浮き、めきめきと音を立てる。

そんなルルベールを横目に、ルドルフは小さな紙を取り出して、グラスの下に挟み込んだ。

「明日から探る者のリストです。若者の護衛は若者に任せ、我々は我々の仕事を」

「……そうじゃな。小僧の方が陽動なら、儂らがずっと護衛するわけにもいくまい」

「えぇ。当日は別の場所で本命の事件が起こる。それを止めるのが我々の仕事でしょう」

酒に口をつけて、指先でカウンターをトントンと叩く。

眉間に皺を寄せたルルベールも、大きく息を吸い込んで、小さな紙に手を伸ばしていた。

「あの小僧なら自力でどうにかするか……まだまだ青いが、面白い部下も育っておるしの」

「えぇ。部下を信じて任せるのも、我々の役目でしょう」

「……じゃな」

軽く目を閉じたルルベールが、四つ折りの紙を開いて目を通す。

「なるほどの。確かに相応しい酒じゃな」

「えぇ。念のために聞きますが、死ぬ覚悟はありますね？」

「ふん、誰に言うておる。あの日からそのためにおめおめと生きてきたんじゃからな」

グラスに注がれた酒を勢いよくあおったルルベールが、空のグラスを叩き付けるようにカウンターに置いて、小さな紙を握り潰した。

「おぬしは死ぬなよ。爺が先だと昔から決まっておる」

「……えぇ。肝に銘じておきますよ」

そう声に出したルドルフは、ただの一度もルルベールの方に視線を向けないまま、正面の虚空だけを睨み続けていた。

☆★☆★☆

新しい仕事部屋への引っ越しが終わり、マイロくんたちと合流した翌日。

俺たちは、部屋の窓から出た先にある雑木林の中で、円陣を組むように向かい合っていた。

その目的は、入学試験に向けた訓練と、リリの強化。

「それじゃあ、始めようか。リリ、頼めるかな？」

「はい！　よろしくお願いします！」

俺、フィオラン、マルリアの順番で、リリが握る杖に手を伸ばす。

それからほんの少しだけ遅れて、マイロくんも杖の端に手を載せた。

「体の力を抜いてください……はい、そんな感じで大丈夫です」

ひとりひとり視線を合わせてから軽く目を閉じたリリが、ゆっくりと魔力を高めていく。

中心にある杖に魔力を吸われる感覚があって、全員の魔力が杖の中央に集まって行く。

――そしてそれを、マイロくんの体内にある何かが打ち消していた。

「なんとなくですが、魔力の流れが分かった気がします。僕は離れた方がよさそうですね」

「……悪いな」

「いえ、足を引っ張る方が嫌ですから」

陰りのある笑みを浮かべたマイロくんが円陣から外れる。

不自然だった魔力の流れが、いつの間にか整っていた。

（気にしなくていいわよ。マイロも訓練生になったんだもの。間違った判断じゃないでしょ？）

（……まぁ、そうなんだけどさ）

実際マイロくんが触れていると、支援魔法は発動しないと思う。だけど、あの寂しそうな表情を見るとな……

（本当に大丈夫なのよ。報告書の時なんか『姉さん以外に、初めて頼りにされたかも！』って喜んでたわ。それにあんたの場合、分からないものがある人の方が興味を持つんでしょ？）

（……まぁ、鑑定士だからな）

面白がっているわけじゃないけど、興味がないって言ったら嘘になる。

未知は減らしたい、って言うのが本音かな。

（そういうことにしておいてあげるわ）

声を出さない会話を続ける間にも魔力が流れ続け、リリが何かを見つけようと模索し続けていた。

しきりに首を傾げているところを見ると、あまり上手くは行かないらしい。

（本当に心の声が聞こえるのね。これって、大丈夫なわけ？　洗脳されたりしないわよね？）

（いや、それはないと思うよ……たぶんだけどな）

リリは、洗脳とか、そんな力が使えそうな性格じゃないし。たぶん。

（何よそれ、あやふやすぎるでしょ！）

（落ち着いて、マルリアちゃん。あなたは、ランドセルを膝に抱えながら、小さな口でクッキーを頬張って『お姉さんのクッキー、美味しいね』って言いたくなる、言いたくなる！）

…………

(な?　大丈夫だっただろ?)

(人体実験じゃない!　というか、そこにいる変態の妄想が気持ち悪すぎるわよ!)

まぁ、万が一、洗脳できる力があるのなら、それはそれで有効に使えるしな。

(そっ、それは、まぁ、ね。そうなんだけど……)

盛り上がっている間に、リリが何かを掴んだらしい。大きく目を見開き、コクリと力強く頷いた。

「みんなで力を合わせて、頑張りましょう!」

(——支援を開始します!)

口から出た声に続いて、心の声が聞こえてくる。

集まっていた魔力が大きく揺れて、杖を握る指先から、温かいものが流れ込んでいた。

【名　前】リリ(15歳)

【能力値】物理:6(F)『+5』　素早さ:6(F)『+5』

【名　前】フィオラン(23歳)

【能力値】物理:6(F)『+5』

【名　前】マルリア（15歳）
【備　考】能力値に変化なし

二人は、狙い通りに増加していて、マルリアは通常時と変化なし。

自分を見ることはできないから体感になるけど、俺は魔力関連の支援が入っているな。

リリは二つ。フィオランが一つ。マルリアがゼロ。俺は別の種類の支援。

「全て成功しているよ。これなら大丈夫だ」

「はい！　ありがとうございます！」

周囲から見ればただの円陣。これなら誰が支援を受けているのかを敵に知られることはないし、上手くすれば支援自体を隠せる。

今までみたいに技名を叫ぶやり方じゃ、人間相手には厳しいからな。

「リリはマルリアと組み手を。フィオランは、いつものように的当てで。マイロくんは瞑想」

――そう思っていた矢先、周囲に広げていた鑑定が、近付いてくる人を捉えた。

場所は、俺たちの仕事部屋に続く廊下。

リリの杖に手を伸ばすと、フィオランやマルリアも俺の表情を読んだのか、無言で杖に触れた。

（誰かが部屋の前にいる。できるだけ音は出さない方がいい）

全員の表情が強ばり、杖を握る手に力が入る。

心の声が聞こえないマイロくんも俺たちの雰囲気を見てくれたのか、静かに目を閉じていた。

そうしている間に、誰かが部屋のドアをガチャリと開く。

（隠れるつもりはないみたいです。なんででしょう？　お客さんでしょうか？）

（バカね。そんなわけないでしょ。格下に見られてるのよ。堂々と入っても、どうにでもなる、って思ってる感じね）

おそらくは、マルリアの言う通りだと思う。

腰にある剣も抜かずに、俺たちを探して、部屋の中を歩き回っているしな。

【名　前】キジェン・コーラル（28歳）
【職　業】帝国軍人
【備　考】ドラムド王国のスパイ。蛇の末裔の一員。

相手がキジェン上等兵なのも、闇の組織である《蛇の末裔》に所属しているのも予想通りではあるのだが、捨ててきた母国のスパイとはな……しかも、コーラル家と言えば、あの腐った国の男爵家だったはずだ。つまりは、腐り果てた貴族様。

（面倒がすぎるだろ、まったく……）

はぁー……と出て行きそうになる溜め息を無理やり押し止めて、晴れ渡る青空を仰ぎ見る。部屋を歩き回った男は、何事もなかったかのように、平然と歩いて帰っていった。

翌日も、その翌日も。キジェン上等兵は、誰もいない俺たちの仕事部屋に押し入って、何もせずに帰っていく。そんな男の様子を鑑定で窺いながら、俺たちは、雑木林の中でやり過ごしていた。

男が来る時間は、午前十時と午後三時。リリが言うには、訓練の休憩時間らしい。

幸いとでも言うべきか、俺たちの居場所がバレそうな気配はまるでなかった。

「アルト様。現行犯で返り討ちにしてはダメなのですか？」

「そうよ。どうせ、入学試験の日にやり合うんでしょ？　今でもいいじゃない」

二人はそう言うけど、下手に動くと大騒ぎになるって話だからな。

この国のトップである女王に取り調べられるとか、俺は絶対に嫌だぞ。まじで。

「王国に強制送還とか、本当に、何がなんでも、絶対に嫌だ。報われない仕事地獄なんて、もう、ほんとうに、いやなんだ……あんな思いは……ほんとうに……」

「わっ、分かったわよ。隠れる、ずっと隠れてる！　だから、その目はやめて！」

「ごめんなさい。アルト様の気持ちも知らずに……」

「あっ、いや、大丈夫。分かってくれたならいいから。俺の方こそ、なんかごめんな」

今が幸せだからか、なんか、余計にさ……と思っていたら、マルリアに買ってもらったバインダーを抱えたマイロくんが、不思議そうに首を傾げていた。

「アルトさん、一つ聞きたいんですが。その上等兵って、毎日、何をしに来ているのですか？」

「ん？　普通に俺たちの口を封じようとしているんだと思うぞ？」

「え……？　でも、大事になるから、敷地内は有り得ない、って話ですよね？」

「いや、敵がこの国の人間なら、面倒事は避けると思うんだけど、バカな貴族ばかりがいる、ドラムド王国のスパイだからな。騒ぎを起こしても、国に帰ればいいだけだ」

「そっか、スパイですもんね」

「そういうこと」

自国の利益になると思えば、なんでもするのがスパイ。特に、今回の敵は、忌々しい母国の貴族だからな。自己犠牲はまずないけど、平民の犠牲はまったく気にしないし。

「だから、できるだけ接触は避けて、事態がよくなるのを待つ。それが一番いい」

——そう思っていた矢先、不意に矢を射る音がした。

「伏せろ!!」

「「「!!」」」

慌ててしゃがむ姿を横目に見ながら、周囲に魔力を飛ばす。

次いで感じたのは、鑑定が済んだ簡易の情報。

【名　前】矢文
【筆　者】ルルベール
【内　容】『今後の行動に関して』

………どうやら、ルルベール少佐からの手紙らしい。

気が付けば、手紙が付いた矢が、近くの木に刺さっていた。

「普通、口封じの危険がある相手に、矢文を送ったりするか？　もうちょっと配慮とかさ」

まぁ、いいんだけどね。ルルベール少佐に、弱者の気持ちを分かれなんて無理だろうし。

——ってか、どこから撃ったんだ？　鑑定の範囲内に人なんかいなかったんだが？

「なんとなくなんだけど。弓の気配が、あっちからする……かも？」

「ん？　分かるのか？」

「ん〜……本当に、なんとな〜くだけどね」

そう言うフィオランが視線を向ける先を中心に鑑定を広げてみるが、結果は変わらず。だけど、弓に関してはSランクを持つフィオランだからな。

それに、近くにいたリリとマルリアを庇うようにとっさに抱き締めるとか、本当にお姉さんっぽくて意外というか、なんというか……まぁ、それも含めてフィオランか。

「『今後の行動に関して』ってなんだろな」

わざわざ矢文まで使って連絡してくるなんて、面倒事の気配しかしないんだが？

そう思いながら、折り畳まれた紙を開いていく。

『いろいろと調べてみたんじゃが、やはり、軍の上層部にネズミがおる。どうにも、入学試験の日に敷地の外で面倒を起こす計画があるらしくてのぉ。ルドルフのやつと二人で、外のデカい方を潰すつもりじゃ。故に、そっちには行けぬ。すまんな。帝国軍少佐・ルルベール』

試験日に、外で面倒事……こっちは、囮ってわけか。

試験の日に俺たちを殺害すれば、試験どころじゃなくなって大騒ぎになるし。事前に殺害して女王を引っ張り出せれば、最高のめくらましだもんな。

その面倒な計画ってヤツが気にはなるけど、あの二人が揃えば、どうとでもなるだろし。

こっちが囮なんだとしたら……

「今回のメインは、マルリアだな」

「……私!?」

「そう。毎日来ている上等兵はもちろん、他の仲間らしき奴らも騒ぎにならない程度に捕まえておきたい」

「――そこで私の捕縛術の出番、ってわけね」

「そういうこと。リリもフィオランも、騒ぎを小さくする方針で、訓練をしてみてほしい。それでいいか？」

「はい！」

「うんうん。お姉さんも頑張るね！」

試験の日まで、残り七日。鑑定しかできない俺も、何か考えてみるかな。

☆★☆★☆

そうして、キジェン上等兵が俺たちを捜索する時間が増え続ける中で迎えた、試験当日。

「おはようございます、アルト様！　気持ちのいい青空になりました！」

「そうみたいだね。試験の日に、気持ちよく晴れてよかったよ」

「はい！　アルト様のお陰ですね！」

いや、普通に違うと思うぞ？　まぁ、リリは緊張もなく、普段通りってことで。

「フィオランもマルリアも、準備はできてるか？」

「大丈夫！　お姉さんは、いつでも準備オッケー！」

「ちょ、ちょっと待ちなさいよ！　早すぎなのよ、あんたたち！　……ロープ、ある。二本のナイフ、ある。お財布、ある。あと、他に大事なのは……」

フィオランはいいとして、マルリアも程よく気合いが入っている感じかな。

——もしかしたら、これから殺されるかもしれない。

そんな雰囲気は誰からも感じないが、そのくらいの方が動きも堅くならなくて済むしな。

ほんとに、頼もしい限りだよ。

「マイロくんは俺の側を離れないこと。何か気が付いたことがあれば遠慮なく言うこと。いいかな？」

「はい！　よろしくお願いします！」

「うん。こちらこそ」

マイロくんは、ここ数日の特訓で魔力の流れが見えるようになったけど、戦闘に関してはまだまだ。それでも、魔力が見えるのは十分すごいことらしいく、鑑定に頼りがちな俺を手助けしてくれればいいと思う。

念入りに周囲に魔力を伸ばしてみるが、不審な気配はないな。

試験開始予定時刻まで、残り二十分。

「それじゃあ、行こうか」

そんな言葉で自分に気合いを入れて、窓の外に目を向ける。

リリが言うように、本当にいい天気だ。窓枠の高さにまであげた足に違和感もないし、体も魔力も調子がいい。あとは、湧き上がってくる緊張をどうにか――

「ちょっ、ちょっと待ちなさいよ！　そこ、出入り口じゃないわよ!?」

「え……？　あー、うん。そうなんだけどさ」

ここ数日のせいで、窓から出るのが普通、って感じだったけど、そういえば話してなかったな。

「敵の予想は、できるだけハズした方がいい。そう思ってさ」

昨日なんかは、遠くからの鑑定でも分かるくらいイライラしながら俺たちを探し回っていたみたいだからな。

寝静まった深夜に襲ってくるとか、そんな面倒なことはなかったけど、念には念を入れて試験会場近くまでは隠れながら行った方がいいだろう。

「……それもそうね。私が間違ってたわ。変なことに時間を割かせて悪かったわね」

「いや、気にしてないよ。それに、どっちが間違ってるとかじゃなくて、俺はこう思う、ってだけだからな」

　敵の気配もしないから、普通に正面から行っても問題はないと思うし。本当に、念のため、って感じだからな。

「違うと思ったら遠慮せずに言ったらいいよ。仮に間違っていたとしても、何かのきっかけにはなるかもしれないし」

「……そうね、分かったわ。時間、あんまりないんでしょ？」

「あぁ。そうだね」

　窓枠の高さまであげた俺の右足も、そろそろしんどくなってきたしな。

　俺が一番最初に外に出て、そのまま雑木林の中を進んでいく。

　一応、鑑定を張り巡らせてはいるけど、待ち伏せや罠の気配はなさそうだ。

　キジェン上等兵が俺たちを探しに来るのも休憩時間だけだったらしいし、あまり派手には動けないのか？　――いや、そう決め付けるのも危険だな。

「アルト様。少し思ったのですが。罠だと分かっているのに、行くんですよね？　犯人も分かっているのに、なぜなのかな、と思いまして」

「んー……それはまぁ、そうなんだけどさ」

　敵が待ちかまえている場所にわざわざ行くのはもはや自殺行為だ。俺もそう思うし、できることなら行きたくないんだけど。

「一言で言えば、穏便に済ませるため、かな」

ちらりと背後に視線を向けると、真後ろを歩いていたリリが、コテリと首を傾げていた。

「えっと。戦わない方が、騒ぎは少ない、ですよね……？」

「あー、それはそうなんだけど。例えば『逃げた訓練生の代わりに戦え！　俺たちに勝てたら試験は合格だ！』って言う可能性もあるし」

「騒ぎが大きくなるのなら、誰が相手でもいい、ってことですか？」

「そういうこと。俺たちの口封じと、少佐たちが対処に向かっている方のめくらましが目的だろうから、俺たちが優先なのは間違いないと思うけどね」

もちろん、自分たちの命が最優先だから、無理だと思ったら逃げるがな。

敵と味方の見極め。逃げるか否かの決定。その二つが、俺の一番重要な仕事だろう。

「さてと。林を抜けるぞ？　できるだけ普段通りに。目立たないように。いいな？」

コクコクと首を縦に振る仲間を見ながら木の陰を出て、建物の中へ。

本当は、魔力を逆回転させて、俺たち全員を見え難くした方がより安全だとは思うけど、維持し続けるのは無理だからな。

できるだけ自然に見えるように。目立たないように。

そんな思いで進む道を決めて、受験生らしき人の流れに紛れていった。

☆★☆★☆

試験会場となる室内の訓練所は、どこを見ても若者ばかり。中央にある大きな舞台は、さすがに避けているみたいだが、どこを見ても、人、ひと、ヒト。

——というか、あそこにいるのって、ドワーフだよな？　あっちはエルフじゃね？

自国から絶対に出ない、って言われている二種族まで来ているとか、どんだけだよ……

「毎回、こんなに参加するのか」

「はい。ずっとこんな感じですね」

「そうなのか……すごいというか、やばいというか……」

確かに、こんな中で問題が起きれば、上を下への大騒ぎになるだろうな。しかも、俺たちがいるのが、第一会場。案内の看板を見る限りだけど、第六まであるんだろ？

どんだけ来ているんだよ、って話だ。

「お姉さんがはじめて受験した時は、合格者が五百人だったわね」

「……いや、倍率何倍だよ、それ」

「ん～、最低でも、十倍？　十二倍？」

むちゃくちゃだな。というか、俺、そんな場所に就職しようとしていたのか？

「何よ？　あんた、知らなかったわけ？　軍の経験者ってだけでどこでも優遇されるし、給金も帝国屈指の水準だもの。当たり前じゃない！」

「だけど、命がけの仕事だろ？」

「それはそうだけど、そんなのどこに行っても一緒よ。戦う力を鍛えられるだけ、いざという時は、むしろ安全でしょ？」

まぁ、たしかに。運悪く魔物なんかに会えば、戦う以外に生き残る道はないし。街から出ないような仕事に就いても、盗賊なんかに目を付けられたら終わりか……

どうにも王国に居たころのイメージが抜けてないんだろうな。

一般兵なんて、貴族の捨て駒だったし……

「どうにかして、この国の一般常識ってヤツを鑑定できないものかねぇ」

そうしたら、こんなにリリたちとズレることもなくなると思うんだけどな。

「アルトさん。一応聞くんですが、一般常識は鑑定できないんですよね？」

「ん？　あー、うん、そうだね。たぶん無理だよ」

「たぶん、ですか……」

マイロくんだけじゃなくて、フィオランたちも不思議そうな顔をしているけど、普通に無理だぞ？　それこそ、常識的に無理だ。

「常識なんて場所によって違うし。それこそ、人によって違うしな」

「そう、なんですね……アルトさんの鑑定にも、できないことがあったんですね」

「………………」

ほんとにあれだ。どうにかしないとな。

そう思っている間に、試験の準備が整ったらしい。巨大なモニターが、天井からゆっくりと下りてきていた。

はじめに映し出されたのは、チューリップを思わせる上品な王冠と、綺麗な女性の姿。

「グラウス帝国二十四代女王シュプル・リア・テスタロッテだ。皆の実力が見られるものと期待する」

それだけ言って、上品な女性が、豪華な椅子に腰掛ける。

続けて秘書っぽい白髪の爺さんが、試験の詳しい内容を話してくれているんだけど、どうにも引っかかるものがあって、リリの杖に触れた。

（ここって、帝国だよな？　トップって皇帝じゃないのか？　もしくは女帝？）

（えっとですね。『女が皇帝を名乗るな！』ということを言う人がいまして、その方が女王陛下よりも政治の腕があるとか、ないとか。そんな話を聞きました）

（……なるほどね）

だけど、その時代錯誤なことを言う実力者もトップには立てていない、というわけか。

いい国のトップだとは言っても、苦労は耐えないんだろうな。まぁ、俺には関係ない話だからいいけどさ。

そう思っていると、女王を映していたモニターが、上の方に戻り始めていた。

どうやら、説明も終わったらしい。

「それでは試験を始めます。受験ナンバー一番のアルトくん。同時受験を望む者と共にここへ」

なるほど、そう来るのか……

鑑定で見たところ、司会者に《蛇の末裔》の記載はないな。だが、雇われていないとも限らない。

「それじゃあ、みんなよろしく頼む。リリ、手はず通りに」

「はい！」

手早くリリの杖にみんなで手を重ねて、円陣を組むように支援魔法を受ける。

「みんなで力を合わせて頑張りましょう！」

そんな言葉とともに、マイロくんを除く全員に〈スピードアップ〉と〈パワーアップ〉を。

（できました。魔力の残量も問題ないです！）

周囲からも不審者を見るような目は向けられていないし、舞台に上ろうとしている門番たちにもバレていないように見える。特訓の成果だな。

「それじゃあ、行こうか」

そう声をかけて、中央にある舞台の上に向かって歩いていく。

どうやら司会者が審判も務めるらしい。

「互いに怪我がないように。いいですね？」

そう声をかけられた。

門番たちがニヤニヤしている所を見ると、審判は敵の仕込みじゃなさそうだな。

「それと、弓などの飛び道具は禁止です。観客に当たる可能性もありますので」

「へ!?　お姉さんこれしか使えないんだけど!?」

「遠距離の方は、別の会場で実力を測りますので。今は我慢してください」

「…………」

まぁ、こればっかりは仕方ないか。審判の言うことが、全面的に正しいし。

「武器はこちらから選んでください。そちらの杖は、仕込みの刃物などがないのであれば、許可します」

そう言って並べられたのは、木でできた武器たち。門番の三人も素直に木の武器を選んでいるけど、全員が服の下に刃物を隠し持っているんだよな……

「そういうわけだから、みんなの武器をフィオランとマイロくんで預かってくれるか？」

——何かあれば、すぐに渡せるようにね。

そんな思いを胸に短剣を預けて、小さな木刀を握り、門番たちの方に向けて構えて見せた。

「くれぐれも怪我のないように！　いいですね!?」

そんな言葉を残して、審判が舞台を下りていく。

鑑定の結果を見る限りだけど、彼は、軍人ではなく普通の事務員らしい。

敵ではないが、何かあっても役に立たない人物。間違いなく、上層部にいる敵がねじ込んだ人事だろうな。

「逃げずに来たことだけは褒めてやるよ。だがな、あれだけ俺をバカにしたんだ。楽に死ねると思うなよ？」

「いえ、死ぬ気はないですね。今日は試験ですので、先輩の胸を借りるつもりで、精一杯頑張らせていただきますよ」

「……平民風情が」

貴族がいないこの国で、その発言はどうかと思うけどね。このあと騒ぎを起こすし、自分がスパイだとバレてもいい、ってことか？

まぁいいか。やることは変わらないしな。

「開始の合図は？」

「あん？　そんなもんねぇよ」

チラリと審判の方を見ると、はっきりと頷くのが見えた。

「相手をしてくださるのは、上等兵の三人ですから。勝ち負けにこだわらず、自分の持ち味を我々に見せてください」

「分かりました」

控えている受験生も多いから、合図もなしでさっさと始めろ、ってことかな。

周囲の人々を鑑定しても《蛇の末裔》の文字は見えないし、怪しい動きをする者もいない。

ひとまずは、目の前の三人に集中してもいいだろう。

（全員が背中に武器を隠している。軍部で配布されたナイフらしいが、痺れ毒が塗ってあるから気を付けろ）

二人の肩に手を押いて、敵に見えないように耳打ちをする。

「さてと。始めさせてもらいますよ」

俺がそう声をかけると、リリが右側にいた敵の方へ。マルリアが左の敵へ。

何も言わなくても、中央の敵――王国の腐った貴族様は、俺に任せてくれるらしい。

「本当に、いい部下で助かるよ」

罵倒されるたびに『いつかぶん殴ってやる！』って思っていたもんな。

直接の関わりはないけど、クソ上司の仲間なのは間違いないだろうし。

――そう思っていた矢先。

「「え？」」

不意に、キジェン上等兵が、大きく後ろに退いていた。

そんな男を庇うかのように、二人の門番が前に出てくる。

「お前らの相手なんざ。この二人で十分なんだよ」

そう叫んではいるが、手は背中に隠したナイフを掴んでいるな。その代わりと言ったらなんだが、こっちに向かってくる二人は、木の盾と木の剣か。

二人に注意を引き付けた上での、不意打ち狙い。

「お前ら、しっかりやれよ？」

「うっす」

「任せてください！」

いや、貴族様お得意の、使い潰しか？

二人ともこの国の住民で、スパイじゃないらしいし。《蛇の末裔》にも所属してないみたいだからな。払う気のない報酬で釣ったとか、そんな感じだろう。

「気持ち悪くて、吐き気がするな」

腐った貴族の行動に対してもそうだが、信じきった目をしている二人を見ていると、若い頃の自分を見ているようで嫌になる。

「予定通り、早めに終わらせるぞ」

「はい！」

「任せておきなさいよね！」

さっきと同じように、リリが左の敵に、マルリアが右の敵に。

俺は少しだけ遅れて、マルリアが狙う敵の方へと足を向けた。

あえて遅く走るマルリアが、がま口のポシェットから、見慣れた太いロープを引っ張り出す。

「……は？　ひも？」

気を取られた敵に向かって一気に速度をあげて、懐に飛び込んだ。

「——くっ!!」

慌てて切り払った木の剣を避けて、マルリアがふわりと笑ってみせる。

そんな彼女と入れ替わるように走り出して、体制が崩れた敵の懐に飛び込んだ。

「なんだと!?」

俺たちを格下だと思っていたツケだろう。

残念だが、目の前にいる男の素早さは9しかない。

支援を受けたマルリアやリリより下だからな。

「俺の方が速くてよかったよ」

自分の数字が見られれば、もう少し安定して戦えると思うんだが、できないのだから仕方ない。

そんな思いを胸に、大慌てで構えられた盾の上に足を延ばす。

リリの支援魔法の力も借りて、敵の頭上を飛び越えた。

「なっ——!?」

唖然と振り向く男の視線を感じながら、リリが相手をする敵の背後へ。

「一瞬前まで戦ってた相手を忘れるなんて、あんたバカなの!?」

楽しそうに笑ったマルリアが、敵の両手をロープで縛り付けていた。

リリの方は、敵を上回る速度と、武器の長さで敵を圧倒しているように見える。

「そこです！」

時折盾を避けた杖の先が敵の体を突くが、威力はそこそこ。それでも、一方的に攻撃を繰り出しているような状況だった。

そこに挟み撃ちのような形で俺が加わればどうなるか。結果は誰の目にも明らかだ。

——だからこそ、敵が動くならこのタイミングになる。

「ちっ、無能どもが！」

声よりも先に鑑定の結果が頭の中に流れ込み、瞬時に横へと飛び退いた。

直前まで俺の体があった場所を痺れ毒が塗られたナイフが通り抜け、背を向ける敵のわき腹に突き刺さる。

「なっ——！　貴様!!　なぜ避けられた!?　後ろを向いていたろうが！」

「いや、なぜって。普通に気配で感じますし」

「なんだと!?」

そもそも、投げる時に声を出しているからな。鑑定してなくても、避けられたと思うんだが？

というか、刺さった男が泡を吹いて倒れたな。

騒ぎになる前に、終わらせてしまうか。

「これで三対一ですね。降参されますか？」

ゆっくり近付いてきたリリとマルリアと共に、キジェン上等兵に視線を向ける。

念のために周囲に鑑定を掛け続けているが、やはり、他に仲間はいないらしい。

「無駄な足掻きは止めましょうよ。あなた方の本命の作戦も、今頃は少佐たちが潰している予定ですし。命令していた人達も捕まっていますよ」

「――なんだと!?」

確証はないけど、あの二人だからな。失敗しているとは思えないし。

「あなた方の作戦は、ずっと前から少佐たちにバレていましたよ。だから――」

「く、くく……くはははは。本命の作戦？　上が捕まっている？」

「……何がおかしい？」

「いや、なに、この国の英雄もその部下も。まんまとこの街を離れてくれたと思ってな！」

なんだ？　上着の内ポケットに手をいれた？　そこには、何もないはず。

――いや、何か持っているように見えるが、鑑定が情報を伝えてこない!?

こんなこと、今まで一度も――

「少佐もキサマらも、こちらの思惑通りなんだよ！　君たちの言うところの本命。見たいだろ？」

男がニヤリと笑い、感じたことがない寒気が背筋を走り抜けていく。

何かを考えるよりも先に体が動き、リリたちを押し倒すように横に飛んでいた。

頭上に見えたのは、赤い蛇の模様が刻まれた黒いナイフ。そのナイフが、俺たちのすぐ側を通り過ぎ、痺れたままの男に突き刺さる。

「ちっ、生贄《いけにえ》は若い方がいいって話なんだがな。まぁいい。これで血の量は足りただろ」

「……なんの、話だ？」

「いや、なに。十三人目の生贄は、ガキがよかった、って嘆いているだけだ」

十三人目？　生贄だと？

「そういえば、十一と、十二はお前らが用意してくれたんだったか？　変態と殺人鬼をよ」

俺たちが捕らえたあの二人。いや、今の話を聞く限りじゃ、被害にあった子供たちも生贄に――

「――っ！　二人とも、ここを離れるぞ!!」

目には見えないが、あの黒いナイフに魔力が集まっている！

慌てて二人を立ち上がらせて、フィオランたちのいる方へ。

「やはり平民はバカだな。今更そんなことをしても、手遅れに決まっているだろ？」

不意に強い衝撃を背中に感じ、気が付けば地面へ転がっていた。

見えたのは、目の前に倒れるリリとマルリアの姿。


「なっ――――！」


「痛《い》ったいわね！　なんなのよ！」

「――アルト様!?　どちらに!!」


「大丈夫。俺も無事だよ」

一瞬ドキリとしたが、どうやら膝を擦りむいた程度のケガだけで、命の危険はなさそうだ。

「いったい何が――」

そう思って振り向いた先に見えたのは、天井にまで伸びる黒い霧。それが形を変えて、巨大な蛇に変わっていく。

夢や幻なんかじゃない。

思わず息が詰まるほどの存在が、目の前にいる大蛇から放たれている。

「ふはははは！　いいぞ！　悪くない魔力だ!!　神聖なる我が祖先よ！　平民だけのこの国を食らいつくせ!!」

上機嫌なキジェン上等兵に従うように、鎌首をもたげた大蛇が、口先を大きく開く。

鋭い牙の隙間を抜けるように、倒れていた男が、一瞬で呑み込まれていた。

思わず目を覆いたくなる光景だが、そんな余裕はどこにもない。

「ここには餌が大量にあるからな！　次は、ガキなんかに縛られた雑魚だな」

「なっ⁉　待て！　きさま！　裏切ったのか‼　新しい国を作ると約束を――」

「はっ、平民風情が。なぜ俺と対等に交渉できると思っていたんだ？　裏切る？　元からそのつもりだが？」

「馬鹿な！　確かに魔術の誓約書にも調印を‼」

「ん？　あぁ、あの紙切れか。それも蛇に食わせるさ。おまえを食ってもらったあとでな」

「くっ！　やめろ‼　やめてくぁあああああああああああ」

何ができるわけもなく、二人目が大蛇に呑み込まれていく。

いつの間にか、俺の首くらいまであるデカい卵が、大蛇の側に転がっていた。

「くはははは。いいね、いいね！　そのまま増え続けろ‼　この力があれば、平民の国などすぐに根絶やしに……！」

不意に、大蛇の顔が上等兵の方を向き、男が動きを止める。

先の割れた真っ赤な舌が、ゆっくりと近付いていく。

「待て、何をするつもりだ⁉　俺は貴族だぞ！　みっ、見ろ！　お前を呼び出したのは俺だ！　分かるな⁉　キサマ！　聞いて――」

隠し持っていた痺れ毒のビンを口の中に投げ込んだように見えたが、何事もなかったかのように、男が蛇の腹の中へと消えていった。

いつの間にか二回りほど大きくなった大蛇が、顔を天井に向けて、一個、二個、三個と、卵を産み落としていく。

最初に落とされた卵にひびが入り、一メートルを超えていそうな蛇が、顔を覗かせた。

「おい！　逃げるぞ!!」

「えっ？　でも、試験が――」

「馬鹿野郎！　あれが試験に見えるのか!?　ぼやっとしてると食い殺されるぞ！」

背後からそんな声が聞こえて、我先にと走り出す受験生の姿が見える。

三つしかないドアに人が殺到し、秩序などどこにもない。

首謀者が消え、残ったのは、誰の制御も受けていない化物。

――どうする!?　どうすればいい!?

大蛇は天井を向いたまま卵を産み続けているが、いつまた動き出すとも限らない。

「リリ、マルリア。生き残るための案はあるか!?」

「……ごめんなさい！　私たちで倒す以外に思い付きません！」

「死にたくないから足掻く、それだけよ!!」

だよな。問題はどうすれば生き残れるのか、なんだが。

どうやら、そんなことを考えている暇もないらしい。

大蛇は動きを止めたままだが、産まれたばかりの蛇が、ゆっくりと近付いている。

【名　前】邪竜の使い魔
【状　態】生命力：108／108
【贄　数】0
【補　足】牙に強力な毒を持つ

邪竜!?　――いや、今は名前なんか関係ないか。
「牙には絶対に触れるなよ！　強力な蛇の毒だ!!」
大きさは俺たちと同じくらい。びっしりと生えた鱗《うろこ》も堅そうに見える。
何よりも、鑑定がうまく通らない。
全力を出しても、生命力を見るのが精一杯だ。
あの黒いナイフと同じように、何かに邪魔をされている気がする。

【名　前】邪竜
【状　態】生命力：？／？
【贄　数】16
【補　足】？

それは、大蛇の方もだな。小さい方以上に情報が得られず、何が危険かすら分からない。

「慎重に行くぞ。命を捨てるような行動はするなよ！」

——まずは、木刀で斬り込んで、その手応えを頼りに‼

そんな思いを胸に、木刀を握り締めた矢先。

「当たって！」

背後から、フィオランの声が聞こえた。

俺たちの横を見慣れた矢が通り過ぎて、産まれたばかりの蛇の額に突き刺さる。

射抜かれた蛇が悶え苦しむように体をよじらせ、黒い煙になって消えていた。

「——みんなは足止めをお願い！　お姉さんが、できるだけ近付けさせないから‼」

「お待たせしてすみません！　皆さんの武器です！」

フィオランもマイロくんも、いつの間にか、そばまで来ていたらしい。

二発目の矢が放たれて、射抜かれた蛇が姿を消す。

「悪いな！　助かった‼」

俺が真っ先に駆け出して、短剣で蛇の首を切り落とし。

リリとマルリアも、それぞれが蛇に刃を突き立てた。

産まれたばかりの蛇を斬り捨てて、煙に変えていく。

俺、リリ、マルリア、フィオラン。それぞれが危なげなく蛇を倒しているけど、どう見ても増える方が早い。

「きりがないわね！　どれだけ産むつもりなのよ!!」

斬っても、斬っても、終わりなんて見えてこない。

だけど、そんな俺たちの行動も無駄ではなかったらしい。

「倒せるのか!?」

「やるわよ、あんたたち!!」

蛇の大きさに戸惑っていた数人の受験生が、武器を片手に舞台の上にのぼってきてくれる。

一人、また一人と増えて、出入り口に殺到していた人々も今はほんの少しだけ落ち着いているようにも見えた。

――だが。

「矢が弾《はじ》かれた!?」

「私の魔法が効かないなんて、嘘でしょ!?」

産まれたばかりの蛇になら通る攻撃も、大蛇にはかすり傷一つ与えられない。

「おまえら！　攻撃を一カ所に集めろ、せーので行くぞ！」

「「せーの！」」

そうして撃ち込まれた一斉攻撃でも、大蛇は微動だにしなかった。それどころか、その場を動かず、卵を産み続ける始末。

どう見ても効いてない。

「じり貧だな……」

今のところ怪我をした者はいないが、増え続ける蛇を相手にいつまで保《も》つか……

鑑定さえできれば、打開策の提示もあり得るが……

現状じゃ、何をしても最悪の一手になりかねない。逆鱗《げきりん》の位置も知らずに、寝ている竜の背を撫でるようなものだ。

些細なものでもいい。何か情報を……!!

——そう思っていた矢先、マイロくんが大蛇の周囲を指差していた。

「アルトさん。みんなの攻撃なんですが、あの網みたいな物に阻まれていませんか？」

「……網？」

「はい。魔力の糸だと思うんですが。大きな蛇と卵、産まれた蛇にも繋がっていますよね？」

リリやフィオランにチラリと視線を向けるけど、彼女たちも首を傾げるだけだ。

……いや、それらしいものは見えないが？

——だが、マイロくんが嘘をつく理由なんてない。

それに、こちらの攻撃が効かない理由が、その魔力の網なんだとしたら？

「僕が触れれば、どうにかなったりしませんか!?」

やってみる価値はあると思う。

リリの支援魔法や俺の鑑定を吸い込む何かを持つマイロくんなら、もしかしたら。

そうは思うけど……

「やらせてください！　このままじゃ、この中の誰かが死ぬかもしれない。そうですよね⁉」

「……そうだな」

得体が知れず、予想すら立たないが、他に打つ手がないのも確かだ。

マイロくんの言う通り、試してみるのも手だろう。

「よろしく頼むよ」

「はい！　任せてください！」

ほんの少しだけ嬉しそうな顔をしたマイロくんが、周囲に視線を向けて空中に手を伸ばす。

俺の目には何も映らないが、マイロくんの手が、見えない何かをギュッと掴んだ。

これは……行けるか⁉

――次の瞬間、不意に魔力が通る感覚が、脳内を駆け抜けた。

次いで、じっとりとした殺意が降り注ぐ。

大きな瞳に背後から観察されているような、そんな恐怖。

「全員そこを離れろ‼」

突如、微動だにしなかった尻尾が大きく動いた。

その攻撃に数人が吹き飛ばされて、地面を転がる。

天井を見上げていた巨大な顔が、いつの間にか俺たちを見下ろしていた。

冷たい鉛《なまり》のような物が胃の中に落ちて、心臓が締め付けられる。

そんな視線を弾《はじ》き返すように、全力の鑑定を大蛇に注ぎ込んだ。

【名　前】邪竜
【状　態】生命力：1260／1260
【贄　数】16
【補　足】〈邪神の守り〉が消滅。全身の小さな鱗の下に、生命維持の要《かなめ》を持つ。

持てる力を全て注いだのに、これが全て。

焦る思いは少なからずあるが、手掛かりは見えたな。

――残りは鱗か！

「フィオラン！　背中と首の後ろにある小さな鱗を狙え！　残りは、尻尾の先端と胴体の左右に一枚ずつある！」

そう吠えながら、全力で大蛇に近付いていく。

正面に見えるのは、大きく開いた口と、先が二つに割れた細長い舌。

見るからに鋭い牙の先からは、紫色の液体が滴《したた》り落ちている。

「悪いが、生贄にはなりたくなくてな」

本能的に感じる恐怖を心の奥底に押し込みながら、短剣をキツく握り締めた。

大蛇の全身を覆うように鑑定をする。

見えた小さな鱗は全部で六つ。

リリたちに伝えた物と——口の上に一つ。

「ふっ!!」

迫り来る大蛇を前に、短剣を正面に構えて大きく飛び上がる。

鱗の大きさは、他の物の半分程度。

色もほんの少し違うため、見間違うこともない。

もはや、刺したあとのことなど気にする余裕もなかった。

俺は小さな鱗に狙いを定めて、ただ真っ直ぐに短剣を突き出した。

握り締めた指先から伝わるのは、鱗を貫く確かな手応え。

「————」

音にならない蛇の悲鳴が聞こえ、刺さっていた短剣ごと、俺の体が宙に投げ飛ばされた。

落ちていく中に見えたのは、武器を握り締めて走り込む仲間の姿。

「当たって!」

フィオランの放った矢が背中に突き刺さり、大蛇が大きく仰《の》け反る。

リリが左手に回り、マイロくんが右へ。

尻尾の先に向かったマルリアと示し合わせたかのように、フィオランの矢が放たれて、それぞれの武器が大蛇の鱗を貫く。

「——っぐ!!」

地面に投げ出された俺の視界の先に見えたのは、隙間の開いた鱗の奥にある赤い玉。

【名　前　】邪神の心臓
【ランク　】S

思わず吸い寄せられそうなその玉から目をそらして、周囲を見る。

フィオランのいる場所からじゃ、鱗が邪魔をして心臓は狙えない。

見えた弱点を隠すかのように大蛇が体を持ち上げたせいで、俺の身長じゃ届きそうもない。

——だけど、近くにリリがいる！

「あれが敵の心臓らしい！　リリ、跳べるか⁉」

「分かりました！　任せてください！」

一度も試したことなどないが、短いやりとりだけで、俺の意図を察してくれたらしい。

落ちていた短剣を拾い上げるリリを横目に、軽く膝を曲げて、両腕を腹の前で構える。

全速力で飛び込んで来た彼女の足を正面から受け止めて、両手を大きく振り上げるように、全力で上へと投げ飛ばした。

「倒れてください‼」

リリが突き出した短剣が、赤い玉の表面を捉えて、深く割り込んでいく。

赤い玉に大きくひびが入り、四方に分かれた。

【邪竜】
【状態】生命力：0／1260

〈邪竜の心臓〉が、跡形もなく砕け散っていた。

エピローグ　新たな英雄

「すげぇ！　木の棒で十人抜きかよ！」

「あっちの女性は、同じ場所に矢を刺しまくってるし」

「――やっぱ、《蛇殺しの英雄》はやべぇわ」

そんな声が漏れ聞こえる部屋の中に、ぼんやりと外の様子を眺めるルルベールの姿があった。

麦茶に浮かんだ氷がカラリと揺れて、静けさが周囲を支配していく。

「そやつらは本人じゃなく、その部下なんじゃがな」

そう呟いたルルベールが、くつくつと喉を鳴らす。

アルト准尉たちが、正体不明の大蛇を倒してから二週間。

中断を余儀なくされた入学試験が再開し、部屋の外では、受験生たちがそれぞれの試験に向き合っている。

勝ち抜き方式の組み手に、弓や魔法の威力を見る的当て。

特殊技術が必要な潜入試験。戦略を問う記述試験。

「その部下たちも、蛇殺しに関わっていますし。間違いではないと思いますよ」

聞こえた声に視線を向けると、疲れた様子のルドルフが、ドアの向こうから姿を見せていた。

その手には、分厚い紙の束が握られており、仕事の真っ只中、と言った雰囲気が見て取れる。

「なんじゃ？　敵のスパイに踊らされたルドルフ少佐が、儂になんのようじゃ？」

「いえ、たいしたことではないのですよ。同じ失敗をした者同士で、反省会でもしようかと思いまして」

「ほほぉ？　ヒヨッコが言うようになったのぉ？」

「ルルベール少佐の指導の賜物ですね」

口元をニヤリとゆがませた二人が、楽しげに肩を震わせる。

そうして表情を引き締めたルドルフが、ルルベールの前に紙の束を差し出した。

「今回の最終報告書です。女王に届けられる前に、無理やり引っ張ってきました」

「ほぉ？　いたく無理をしたようじゃな。ありがたく読ませてもらうわい」

素直に受け取ったルルベールが、ソファーに腰掛けて、じっくりと読み進めていく。

ただでさえ険しかった表情が、枚数が進むにつれて、より険しいものに変わっていた。

「やはり、儂とおぬしが騙された事実は、消されたか」

「ええ。我々の期待に応えて大蛇を排除した新たな英雄。国としてはそう表したいのでしょう」

軍の奥深くに敵が入り込んでいた事実に、国の持ち物である訓練校で起きた大事件。さらには、軍の根幹を担う上層部もかなりの数が更迭され、軍部全体が大きく揺らいでいる。

そんな軍に対する人々の不安を取り除くための英雄。分かり易い希望の光。

「国の繁栄を願うなら、か……」

漏れ聞こえてくる声を聞く限りだが、アルトたちが入学試験で優秀な成績を残す可能性は高く、囮の任務に行かせた部下たちも、全員が無事に帰還している。

本命だと思っていた上層部の敵は、徹底的に追い詰めて、芋づる式に排除した。見落としていた悲劇の種も、アルトとその部下が、最小限の被害で終わらせてくれた。

「結果だけを見れば、最良ですよ」

「……そうじゃな」

問題があるとすれば、少佐までしか昇進できない自分の実力を改めて思い知らされたことくらいか。

結果だけを見れば、自分より上位の実力者を追い詰めたようにも見えるが。その実体は、国家の転覆を確信して緩んでいた箇所を突いただけに過ぎない。

「いい国に生まれ変わった。そう思って気が緩んでいたようです」

「そうじゃな」

国全体が実力主義に変わり、誰にとっても生き易くなった。その代わりに、実力さえあれば、悪意がある者でも、上に行けるようになってしまった。

類《たぐ》い稀《まれ》なる実力があり、隠蔽も上手いとなれば、手の出しようがなくなる。

「来ていた昇進の話なのですが、受けようかと思っています。上を見て、その実力を盗もうかと」

「……そうじゃな。おぬしはそれがいいじゃろ」

「やはり、先輩は乗り気ではないですか」

実力が認められたわけではなく、空席を埋めるだけの人事に思う部分は確かにある。だが、座る地位が変われば、新たな道も見えるのも確かだ。

「儂は、後進の育成に力を入れようかと思うての」

「後進、ですか」

「儂自身が強くなるのもそうじゃが、面白い者を引き上げるのもよかろうて」

チラリと振り向いた先に見えたのは、試験が終わり、ほっとした空気を纏う若者たちの姿。

その中心にいるのは、新たな英雄。

「みんな、おつかれさま。せっかくだから、焼き肉でも行くか？」

「焼き肉!?」

「いいんですか!?」

「そっ、そうね。あんたがどうしても、って言うのなら、行ってあげてもいいわよ？」

そんな声が、少佐たちの耳にまで届いていたのだった。

月が導く異世界道中
Tsukiga Michibiku Isekai Dochu
あずみ圭
Azumi Kei
1~16
8.5
TVアニメ化!
2021年7月7日放送開始!
TOKYO MX・MBS・BS日テレほか
CV 深澄 真:花江夏樹
巴:佐倉綾音 澪:鬼頭明里
監督:石平信司 アニメーション制作:C2C
レシート応募プレゼント
キャンペーン実施中!!
2021年6月4日~2021年9月30日まで
詳しくはこちら ››››››
●各定価:1320円(10%税込)
●illustration:マツモトミツアキ
1~16巻好評発売中!!
漫画:木野コトラ
●各定価:748円(10%税込) ●B6判
コミックス1~9巻好評発売中!!

チートなタブレットを持って快適異世界生活
1~4
AUTHOR
ちびすけ
CHIBISUKE
アプリのおかげで
超快適な異世界ライフ!!
鑑定、買い物だけじゃなく
キケンな魔獣も楽々ペットに！
［第12回］
アルファポリス
ファンタジー小説大賞
特別賞
受賞作！
家でネットショッピングをしていた青年・山崎健斗は、
気が付くと、いかにもファンタジーな街中にいた……
タブレットを持ったまま。周囲の様子から、どうやら異世界に来てしまったらしいと気付いたケント。さらにタブレットを操作してみると、アイテムや人間の情報が見えたり、地球のものを買えたりするアプリを使えることが判明した。雑用係として冒険者パーティ『暁』に加入した彼だったが——
チートアプリ満載のタブレットのおかげで家事にサポートに大活躍!?
1~4巻好評発売中!!
◉各定価：1320円（10%税込）
◉Illustration：ヤミーゴ

ステータスが思うように伸びず、前線を離れ、ギルドで事務仕事をしていた冒険者ブライ。無駄な経費を削減して経営破綻から救ったはずが、逆にギルド長の怒りを買い、クビにされてしまう。かつてのパーティメンバー達もまた、足手まといのブライをあっさりと切り捨て、その上、リーダーのライトに恋人まで奪われる始末。傷心の最中、ブライに突然、【ログインボーナス】というスキルが目覚める。それは毎日、謎の存在から大小様々な贈り物が届くというもの。『初回特典』が辺境の村にあると知らされ、半信半疑で向かった先にあったのは、なんと一夜にして現れたという城だった——！　お人好し冒険者の運命が、【ログインボーナス】で今、変わり出す！

●ISBN 978-4-434-28891-3 ●定価：1320円（10%税込） ●Illustration：なかむら

辺境の冒険者ギルドで職員として働く少年、コウヤ。彼の前世は病弱な日本人。そして前々世は――かつて人々に倒された邪神だった！邪神の過去があっても、コウヤ本人は天然で心優しい。今世ではまだ神に戻れていないものの、力は健在で、発想も常識破りで超合理的。冒険者からの支持も厚い。その結果、劣悪と名高い辺境ギルドを二年で立て直し、トップギルドに押し上げてしまった！ 唯一の悩みは上司が横暴なことだったのだが、なんと伝説の冒険者が、新たなギルドマスターになり、コウヤの改革はさらに躍進する……!? ペーパーナイフ1本で凶暴キメラを倒したり、知らぬ間に加護を与えちゃったり……自重知らずの少年は、今日も元気にお仕事中!

●ISBN 978-4-434-28889-0　●定価：1320円（10%税込）●Illustration：riritto

この作品に対する皆様のご意見・ご感想をお待ちしております。
おハガキ・お手紙は以下の宛先にお送りください。

【宛先】
〒150-6008 東京都渋谷区恵比寿 4-20-3 恵比寿ｶﾞｰﾃﾞﾝﾌﾟﾚｲｽﾀﾜｰ 8F
（株）アルファポリス　書籍感想係

メールフォームでのご意見・ご感想は右のＱＲコードから、
あるいは以下のワードで検索をかけてください。

アルファポリス　書籍の感想　検索

ご感想はこちらから

本書は Web サイト「アルファポリス」（https://www.alphapolis.co.jp/）に投稿されたものを、改題・改稿、加筆のうえ、書籍化したものです。

実力主義《じつりょくしゅぎ》に拾《ひろ》われた鑑定士《かんていし》

奴隷扱《どれいあつか》いだった母国《ぼこく》を捨《す》てて、敵国《てきこく》の英雄《えいゆう》はじめました

薄味《うすあじ》メロン

2021年 6月30日初版発行

編集－藤井秀樹・宮田可南子
編集長－太田鉄平
発行者－梶本雄介
発行所－株式会社アルファポリス
〒150-6008 東京都渋谷区恵比寿4-20-3 恵比寿ｶﾞｰﾃﾞﾝﾌﾟﾚｲｽﾀﾜｰ8F
TEL 03-6277-1601（営業） 03-6277-1602（編集）
URL https://www.alphapolis.co.jp/
発売元－株式会社星雲社（共同出版社・流通責任出版社）
〒112-0005 東京都文京区水道1-3-30
TEL 03-3868-3275
装丁・本文イラスト－桶乃かもく
装丁デザイン－AFTERGLOW
印刷－中央精版印刷株式会社

価格はカバーに表示されてあります。
落丁乱丁の場合はアルファポリスまでご連絡ください。
送料は小社負担でお取り替えします。

ISBN978-4-434-29000-8 C0093